KB184055

나는 액체괴물이다

설탕의자

설탕의자

이 책을 펼친 당신에게

밤 12시

건널목에 빨간불이 켜져 있으면 기다렸다.
차는커녕 개미 한 마리 지나가지 않아도,
보는 사람 하나 없어도 분명히 난 파란불을 기다렸다.
그렇게 착하게만 살았는데 큰 위기가 찾아왔다.

'나는 죽어야 한다.'는 생각 하나에 사로잡혀
몇 달째 자취방 천장을 쳐다보는데
갑자기 두 손이 내 목을 사정없이 졸랐다.
그 자리에서 발버둥 쳤고 소리치려 했지만
목소리가 나오지 않았다.
"사사…살려… 주세…요. 숨을… 쉴… 수…"
한참 후에 숨이 돌아왔고 죽을 용기조차 없는
비참한 나와 마주했다.

무심코 돌린 고개가 반거울에 멈췄고
석 달 만에 처음으로 내 얼굴을 봤다.
시체로 발견돼도 전혀 이상할 거 같지 않은 모습.

서러운 눈물이 폭포수처럼 쏟아졌다.
그리고 거울을 향해 고함쳤다.
"내가! 뭘 그렇게 잘못했는데!"

거울이 나에게 물었다

"너는 열심히 살았니?"
"그래! 나는 누구보다 열심히 살았어!
길바닥에 서서 알바비를 주워 먹으며 매일매일 노력했어!"

"너는 주변 사람들을 진심으로 생각했어?"
"그래! 그들과 함께 밤새 울고 웃었어.
내 증인이 되어줄 사람들은 차고 넘쳐!"

"너는 정직했어?"
"내 손바닥에 생긴 굳은살은 어느 변호인보다 나를 증명해."

"너는 가족을 존중했어?"
"어머니는 나를 자랑하셨지. 언제나…."

"마지막 다섯 번째 질문. 너는 너를 사랑하니?"

"나는… 나는…"
대답할 수 없었다.

이 기묘한 일이 있은 후
나는 나를 찾고 싶다는 희망이 생겼다.
친구를 만나 물어볼 용기도 생겼다.
하지만 친구 한 명이 내 옆에 없었다.

그리고 눈에 들어온 노트 하나

솔직해도 되는 그곳에 처음으로 내 진심을 적었다.
그런데 어려운 내 마음이 마치 녹화라도 된 듯
가슴을 따뜻하게 했다.
그렇게 나는 거침없이 마음을 쏟아냈고
십 수년 동안 천 개 이상의 글이 만들어졌다.
지금은 해결을 넘어 성숙을 경험한다.
이 긴 기간은 글을 쓴 시간이 아니라
사람들과 함께 울고 웃었던 시간이었고
친구들의 응원에 세상으로 나올 수 있게 되었다.

이 책은
고민스러웠던 ‘나는’
원망과 고통의 ‘액체괴물’
그리고 선물같이 찾아온 성숙의 ‘이다’ 부분으로 나누었다.

우리는 넘어지고 일어서는 이 끝없는 반복 속에 괴로워했고
이 책의 흐름 또한 그렇게 기록되었다.
하지만 우리는 알고 있다.
계속되는 반복 속에 분명히 성숙되고 있다는 걸.

세상의 모든 액체괴물들에게 전하는 응원과 격려의 메시지
‘나는 액체괴물이다.’

이 책은
당신의 괴물 같은 일상을 응원한다.
당신의 아름다운 눈물을 응원한다.

나는

[Struggles]

; 나와 마주하며 몸부림 쳤다

액체괴물

[Wounds]

; 고통의 시간 속에 빠져들었다

이다

[Growth]

; 기적같은 성장을 선물받다

다시

[Loop]

; 삶은 반복 속에서 성숙되어 간다

나는

어머니의 마중 / 괜찮아 청춘아 / 눈물을 닦아 줄 수만 있다면 / 무지개
롤러코스터 / 삐뚤어진 안경 / 노랑나비와 개미 / 분류 작업 / 천혜향
그래서 / 가벼워지지 않는다면 / 시간은 아까우니까 / 비싼 자전거
작은별 / 터미널에서 / 가장 깊은 심해 / 뭐(든지 해보지)뭐 / 신이시여
부자 / 말한다. 계속 말만 한다 / 채비 / 추행과 간섭 / 영원한 그릇
어른 아이 / 널뛰기 / 마침내 찾아낸 방법 / 휘청 / 오른쪽 왼쪽
4,800억에 당첨된 청소부 / 진흙 놀이 / 인형 놀이 / 바보같은 사람

액체괴물

시소 / 뉴스의 차별 / 나는 액체괴물이다 / 상처 / 추산 / 클린 / 통발
강아지와 칼 / 한 번 더 / 마법사 / 행복해지는 동화 / 내가 하고 싶은 일
협박하는 사람들 / 무서운 얼굴 / 이유가 없네 / 두 사람
기르기가 좋습니다 / 믿음을 요구 하셨습니다 / 하지 않은 날
위로해 주고 싶어서 / 쥐에게 쫓기는 코끼리 / 힘든 날이 낫다 / 투구게
그대는 이미 / 붕어 죽이기 / 아버지의 가락지 / 신이 가져온 항아리
납치 / 어서오세요, 마지막 편의점입니다 / 엄마의 노력 / 사랑합니다
늪

이다

별과 함께 / 바다의 의미 / 하얀 그림 / 스프링 모드 / 언 손 / 값어치
거인이 되다 / 삼촌이 말한다 / 맨홀 뚜껑 / 설레고, 즐겁고, 괴롭다
사랑 해. / 빨리 마시기 시합 / 마디의 시간 / 세상을 뒤집다 / 유리그릇
완벽한 숫자 / 여유 / 빈 손 / 단거 쓴거 / 멈춰 서게 된 날 / 휘어진 길
그림 한 장 / 가장 선명한 줄 / 피아노가 두 대 있는 집 / 아름다운 상처
가장 센 녀석 / 춤춰라! / 미끄럼틀 / 냄새 / I am 먹 / 여행
같은 모습이 되셨다 / 아름다운 하산 / 똥돈 / 꿈이 된 사람들

Loop [성숙과 반복]

Loop 1

Loop 2

Loop 3

Loop 4

나는
검은색을 사용해
마침내
하얀 꽃을 그렸다.

Loop 1

어머니의 마중

학교 끝나고 배고픈데 비까지 오면
어깨가 축 늘어졌다.
비 맞으며 대충 가려는데
건널목 너머 엄마가 서 계신다.
우산 들고 피식 웃으신다.

까까머리 중2는
뭐가 그렇게 쑥스러웠던지
집에 오는 내내 괜찮다며 투덜거렸다.

어른이 된 지금
삶은 더 무거운데
건널목 너머 어머니는 보이지 않는다.

참 따뜻했던 그 향수를 찾아
이끌리듯 들어간 책방
그곳에서 책 한 권을 집어 들었다.

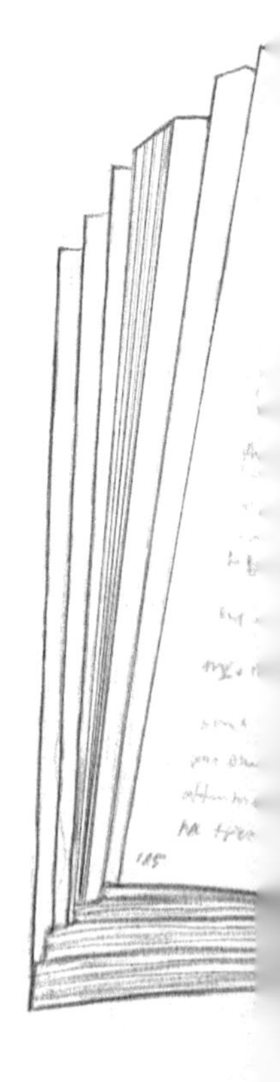

한 페이지도 다 읽기 전에
마음에 온기가 돌았다.

어머니의 마중.
그 책 속에 여전히 계셨다.

별과 함께

감추고 싶은 비밀, 부끄러운 약점이 하늘의 별처럼 많았다.
하나라도 지우고 싶었던 나는 별을 향해 돌을 던졌다.

하지만 별은
내가 사는 지구보다 크고, 닿을 수 없을 만큼 멀리 있었다.
시간이 흘러 어둠이 깊어지니 별은 더 밝게 빛났다.

별을 감출 방법이 없다는 걸 알아버린 순간
죽기로 결심했다.
그리고 아주 차갑고 이성적으로 죽음을 준비했다.

슬프지 않았다.
저 별과 이별할 수 있는 방법이 있다는 것에 오히려 감사했다.
마지막 편지를 남기고 이별을 고하려던 순간

저쪽 산 너머 어둠을 뚫고 붉은 태양이 떠올랐다.
그 경이로운 찰나
닿을 수 없는 하늘에 날카롭게 박혀있던 수억 개의 별이
순식간에 사라졌다.

그 자리에 주저앉았고 감당할 수 없는 눈물이 쏟아졌다.

이제 난
태양이 비치는 낮엔 사랑하는 사람들과 살고
밤엔 그냥 잠을 자.
별을 더 이상 보지 않고 사는 방법을 터득한 거지.
별은 하나도 사라지지 않고 여전히 존재하는데도 말이야.

내 사랑하는 사람들 중에
새벽 동트기 전 삶을 마감했던 이들이 있다.
그들이 보고 싶어진다. 별이 무수한 밤이면.

바다의 의미

서핑하는 곳인가
빠져 죽을 곳인가
당신이 정해.

바다의 의미.

괜찮아 청춘아

알바 시작한 지도 벌써 3개월째
사장님이 좀 까칠한 거 빼곤 다 괜찮아. 난 잘하고 있어!
오늘처럼 찬바람이 살 속을 파고드는 날엔 배달 오토바이가
더 차갑다. 하지만 하나만 더 하면 오늘도 끝!
뜨끈한 거 한 그릇 해야지 하며 좌회전하는데
갑자기 달려든 승용차와 충돌.

통제할 수 없어 몸이 하늘로 날아올랐고
'삐~' 하는 소리 외엔 아무 소리도 들리지 않았다.
곧바로 머리가 땅에 떨어졌고 순간 의식이 꺼져 버렸다.

잠시 후 눈을 떴을 때 도시의 온갖 굉음이 한꺼번에 쏟아졌고
그 소리에 눈의 초점이 정확히 맞춰지지 않았다.
몸을 가까스로 일으킨 후 처음 눈에 들어온 건
완전히 찌그러진 오토바이 앞바퀴.
손은 긁혀 피가 서려 있지만 신경 쓸 겨를도 없이
두 번째 눈에 들어온 건
비싸 보이는 검은색 수입차의 구겨진 문짝.

무엇을 먼저 해야 할지 몸을 추스를 새도 없이 사장님의 말이
먼저 생각났다. '사고 나면 각자가 다 책임져야 한다.'
내가 한 석 달의 고생
아니 어쩌면 더 큰 대가를 치러야 할지도.

복잡한 퇴근 시간 길을 막고 서 있는 나에게 소리 지르며
경적을 울릴 뿐 세상도 바람도 세차게 불기만 한다.
바람 때문에 손이 찢어질 듯 차갑고
흐르는 피 때문에 다시 뜨겁다.

좀 전까지 꽤 낭만 있는 청춘이었는데
이제 도로 위의 구경거리가 돼 버렸다. 이건 꿈이다.
도로는 차가 다니는 길이지 내가 서 있을 곳이 아니잖아….

한 시간 같은 3분이 지났을까.
어디선가 나타난 키가 190은 돼 보이는 중년의 아저씨
날 보고 웃고 계신다.
이 모든 상황보다 든든하고 편안한 미소다.
'괜찮냐.' 물으신다.
'사고 처리 도와주겠다.' 하신다.
'걱정하지 말라.' 하신다.

사고 차 아저씨와 얘길 나누신다.
얘기하다 다시 한번 나를 보고 웃으시는데
이렇게 말씀하시는 거 같았다.
"괜찮아 청춘아~!"

젠장.
참았던 울음이 터져버렸다.

눈길에서 오가지 못하는 장애인을 도와드린 적이
있는데 눈물까지 흘리며 고마워하셨다.
"이 험한 길에서 절 도와주실 분을 또 만날 수
있을까요?"라고 하시길래 나도 모르게
큰 소리로 대답했다.
"꼭 만납니다. 걱정하지 마세요!
좋은 사람들이 진짜 많습니다!"라고.
갑자기 나 왜 소리친 거지?

시소

오지 탐험가가 한강 둔치를 걷다 뱀을 발견했다.
“아이고, 요 녀석 반가워~. 안전한 곳으로 가렴.”

집순이가 큰맘 먹고 한강을 산책하다 뱀을 발견했다.
“악!! 내가 말했지! 세상은 위험한 곳이라고!!”

경험이 무거우면 두려움이 가벼워지고
경험이 가벼우면 두려움은 무거워진다.

경험과 두려움이 마주 보며 시소 탄다.

하얀 그림

숨 좀 쉬려고 들판으로 나갔어.
거닐다 하얀 국화를 발견했지.
흐드러지게 피어 있는 국화가
내 맘을 위로했어.

문득 선생님 말씀이 생각났어.
"내일은 자기가 그리고 싶은 것을 찾아
물감을 준비해 오도록 해."

그래, 하얀 국화를 그려야겠다.

하얀 물감을 준비했고
열심히 그렸어.
깨끗하고 하얀 국화를 그리고 또 그리는데
그려지지가 않는 거야.

슬픈 마음으로 선생님께 갔어.
"선생님, 꽃을 그릴 수가 없어요.
하얀색을 아무리 덧칠해도 보이지 않고

그려지지 않아요."

선생님은 물감을 내밀며 웃으셨어.
"검은색을 사용해 보렴.
 검은색이 때론 속상하고 마음에 들지 않겠지만
 하얀색만으론 하얀 꽃을 표현할 수 없을 거야.
 이제부터 검은색을 사용해
 더 하얀 꽃을 그리렴."

나는 검은색으로 테두리와 바탕을 칠했고
마침내 새하얀 꽃이 피어났다.

눈물을 닦아줄 수만 있다면

이기적으로 살던 남자는
사랑과 자비의 강연에 큰 감동을 받고
앞으로는 '다른 사람의 눈물을 닦아주며 살겠다'라고
다짐했다.

그리고
가장 먼저 사랑하는 친구를 찾아가
눈물을 닦아 주려는데
친구가 울고 있지 않고
웃고 있는 게 아닌가.

한참을 기다려도 울 기색이 없자
어쩔 수 없이
친구의 배를 걷어찼다.

급소를 차인 친구는
그 자리에 고꾸라져 눈물을 떨구었다.

남자는 기다렸다는 듯
깨끗한 수건을 꺼내
친구의 눈물을 정성껏 닦아주며
말했다.

"너의 눈물을 닦아 줄 수만 있다면
난 이보다 더 한 것도 할 수 있어."

어느 날 힘들다는 친구의 전화를 받았다.
녀석을 만나기 위해 나갈 준비를 하다 우연히
거울을 보게 되었는데
입꼬리가 올라가 미소 짓고 있는
바보 같은 나를 발견했다.

뉴스의 차별

속보입니다.
어제 일어난 교통사고의 사망자는
축구선수 김태식인 것으로 확인되었습니다.
그의 죽음을 애도하기 위해 많은 인파가
빈소를 찾고 있습니다.
힘든 시기 국민들에게 큰 희망을 선물했던 그는
이 시대의 진정한 영웅이었습니다.

속보입니다!
어제 교통사고로 사망한 사람은
김태식 선수가 아닌 것으로 밝혀졌습니다.
김 선수의 팬이 같은 옷을 입고 사고를 당해
오해가 생겼던 것으로 최종 확인 되었습니다.

이번 사건은 해프닝으로 마무리되었고
국민들 모두 안도하며
자신들의 일상으로 돌아갔습니다.

정확하지 못한 오보로 인해
국민들의 마음에 또 한 번 큰 상처를 줄 뻔했던
안타까운 사건이었습니다.

스프링 모드

더 깊고 더 길게
가라앉고 있다면

그만큼
더 높이 더 멀리
튀어 오를 거야.

당신이 몰랐던 비밀!

당신은 사실 지금
'스프링 모드'였어.

무지개

학창 시절 내 풍경화엔
무지개가 그려져 있다.

뭘 그릴지 고민하다 그리는 한 가지는
늘 무지개였다.

무지개는 일곱 가지 다양함이 있다.

빨간색은 흥미롭고 정열적이다. 하지만
어딘가 촌스럽다.

주황색은 낭만적이고 아름답지만
신선한 느낌이 부족하다.

노란색은 따뜻하고 재미있지만
진지하지 못해 불안하다.

초록색은 안정적이고 정직하지만
재미있지는 않다.

푸른색은 시원하고 희망적이지만
오래 가까이하기엔 차갑다.

남색은 깊고 신중하지만
다가가기엔 너무 어둡다.

보라색은 이 모든 걸 포함하는 색이지만
어느 색도 아닌 거 같을 때가 있다.

어른들은 '무슨 색을 그릴 거냐'라고 재촉하지만

오늘도 난
세상의 모든 색을 담고 있는
무지개를 그린다.

나는 액체괴물이다

뾰족한 그릇 속에 들어가면 뾰족한 모양으로
또
둥근 그릇 속에 들어가면 둥근 모양으로
능숙하게 바뀐다.

나는 모양을 잃어버린 지 오래돼
진짜 내 모습이 기억나지 않는다.

어느 때부터인지 액체처럼 변했고
그 상태가 오래되니 괴물이 되었다.
그렇게 나는 액체괴물이 되었다.

차가운 바람이 불어
내 몸이 딱딱하게 얼어버리면
그들은 나를 멀리했다.
자신들 그릇에는 맞지 않는다며 등을 돌렸다.

뜨거운 바람이 불어
내 몸이 구름 속으로 자유롭게 날아가기 시작했더니

사람들은 내가 보이지 않는다며 잊어버렸다.
여기 있다고 손짓해도
난 투명 인간이었다.

그래서 나는 대부분의 시간을
액체괴물로 살아낸다.

집에 돌아와 나의 소파에 앉으면
액체괴물 눈에서 또 다른 액체가
흘러내린다.

온통 액체뿐인
나는 액체괴물이다.

언 손

엄마의 언 손이
차가운 내 발을 감싸 쥐었다.

엄마의 손과 내 발 그리고
우리의 심장이 따뜻해졌다.

화장실이 밖에 있었던 허름한 우리 집은
겨울이면 집 안에 있어도 코끝이 시리고 입김이 보였다.
보일러 선이 들어간 곳을 찾아 이불을 덮어 보지만 가끔
빠져나오는 발은 얼음처럼 차가웠다.
엄마는 설거지하고 차가워진 손으로 내 발을 주물러
주시곤 했는데 나는 간지럽다며 이불 속으로 발을
숨겼었다. 발을 만져주시는 그 순간,
나는 참 안전했고 어느 틈에 잠 속으로 빠져들었다.

값어치

한적한 지하통로 구석진 곳
조그마한 좌판을 펴놓은 한 노인이 꾸벅꾸벅 졸고 계신다.
어떤 물건인지 궁금해 가까이 가봤다.

자세히 보니 희한했다.
쓰다 남은 거 같은 물건들과 그 가격

지저분한 머리빗 300원
찌그러진 냄비 400원
반쯤 쓴 라이터 100원

그 옆으로 유통기한이 한참은 지났을 거 같은 사탕 몇 개
하나하나에 붙어있는 가격과 이름들

첫 번째 사탕 인정 1억
두 번째 사탕 사랑 5억
세 번째 사탕 자유 10억
네 번째 사탕 행복 50억

기발해 웃음이 나와 물었다.
“이거 50억 진짜 파는 거예요?”
노인은 귀찮다는 듯 말했다.
“내가 할 일이 없어서 뭐 여기서 이러고 있는 줄 알아!
안 살 거면 만지지 말고 저리 가.
자네가 안 사도 이거 없어서 못 파는 물건이야!
물건 볼 줄 모르는 놈들이 꼭 비싸다 어쨌다.
값어치도 모르는 것들….
저리 가. 아, 안 살거면 저리가아~~!”

하도 역정을 내셔서 발걸음을 돌렸고
이후 그 노인을 더 이상 만날 수 없었다.

하지만
그때 그 좌판 물건들과 가격이
기억 속에서 지워지지 않는다.

상처

상처에서
단내가 난다.

짐승들은 상처를 핥고
흥분한다.

달콤한 것에 유혹되어
그곳에 가보면 언제나
진한 상처투성이다.

아무리 달콤해도
역겨울 만한데
아무리 달콤해도
감출 만한데

여전히 상처를 드러내고
여전히 그것에 유혹된다.

예술과 문학은 어려운 세상에서 꽃을 피웠다.
예술을 보지 못하더라도 행복한 시절이 많았으면
좋겠다.

거인이 되다

한 남자가 거센 파도에 위에서 열심히 헤엄친다.

"왼손을 앞으로 뻗을 때 고개는 오른쪽
짧게 호흡하고 다시 오른팔!
목이 아파도 고개는 정면! 정면!!
좋아, 좋아. 난 잘하고 있어~! 휴~. "

"이번 파도는 잘 넘어갔지만 잠시 후엔 더 큰 녀석이 온다.
두려워도 해내야 한다. 삶은 폭풍 치는 바다!
빠져나올 수 없다면 이 고통을 즐기…"

"이보게! 거기서 뭘 하시나?" 노인이 말했다.
"보면 모르세요. 살기 위해 수영하고 있습니다."
"힘들어 보이시네."

"어쩔 수 없잖습니까! 살아남으려면 이 파도와…."
말하다 말고 파도 위를 걷고 있는 노인을 보며 놀랐다.
노인은 태연하게 말을 이어갔다.
"파도와의 힘겨운 싸움은 그만하고

자네가 바다보다 커져 보는 건 어떻겠나.
거인이 되면
파도가 밀려와도 자네 발목도 적시지 못할 걸세."

갑자기 화가 치밀어 오른 청년은
"그런 방법이 있을 리 없잖아요!"라며 소리쳤다.

주름진 눈꺼풀 사이로 노인의 눈동자가 반짝였다.
"방법은 간단하다네. '절대로 거인이 될 수 없어!'라는
생각을 버리는 거 그거면 충분하다네~!"

"나도 자네 나이 땐 이 파도와 싸우며 평생을 보냈지.
하지만 지금은 파도 위를 걷고 있지 않은가."

"바쁘겠지만 내 말을 기억하게."
"거인이 되는 법은 흔하고 쉽네.
어려운 건 자네 마음이지.
그럼, 계속 수고하게~."

그러고 노인은 유유히 사라졌다,
바다를 걸어.

삼촌이 말한다

부부는 배수구가 막혀 늘 고민이다.

남편이 말한다.
"당신 머리가 기니깐 자꾸 막히는 거 아냐."

아내가 말한다.
"뭔 소리야! 내 머리는 길어서 걷어낼 수나 있지.
당신 머리가 짧으니까 빨려 들어가 막히는 거야!"

하수구를 한참 연구하던 삼촌이 머리카락 뭉치를 꺼내 들고 말한다.

"형! 이거 형 거랑 형수 거 섞여 있는데~!"

롤러코스터

"잠깐 스톱!
조카님 아침부터! 어디 가?"
"놀이동산 가는데요."
"거긴 왜 가는데?"
"왜긴요. 롤러코스터 타러 가죠."
"롤러코스터? 재밌냐?"
"안 타보셨어요?
잘 봐요.
탁탁탁탁 탁탁탁탁 하고 천천히 높이 올라가요.
그리고 잠시 멈췄다가
그냥~~ 슈~~~~~웅~~~~!!
알겠어요!?"
"그게 뭐가 재밌어?"
"아, 진짜!! 떨어지잖아요~~
엄청 빠르게 죽을 거 같이 뚝!!"
"떨어지는 게 재밌냐?"
"한번 타봐요.
빠르고 위험할수록 더 겁나 재밌어요."
"이해가 안 되네…. 돈 쓰고 시간 써서 떨어진다고?

난 꿈에서라도 떨어지는 날이면 식은땀이 줄줄 흐르고 자다가 벌떡벌떡….”

“삼촌! 삼촌! 아! 삼초온~~~, 저 지금 빨리 가야 돼요. 일찍 가야 여러 번 많이 탈 수 있다구요~.”

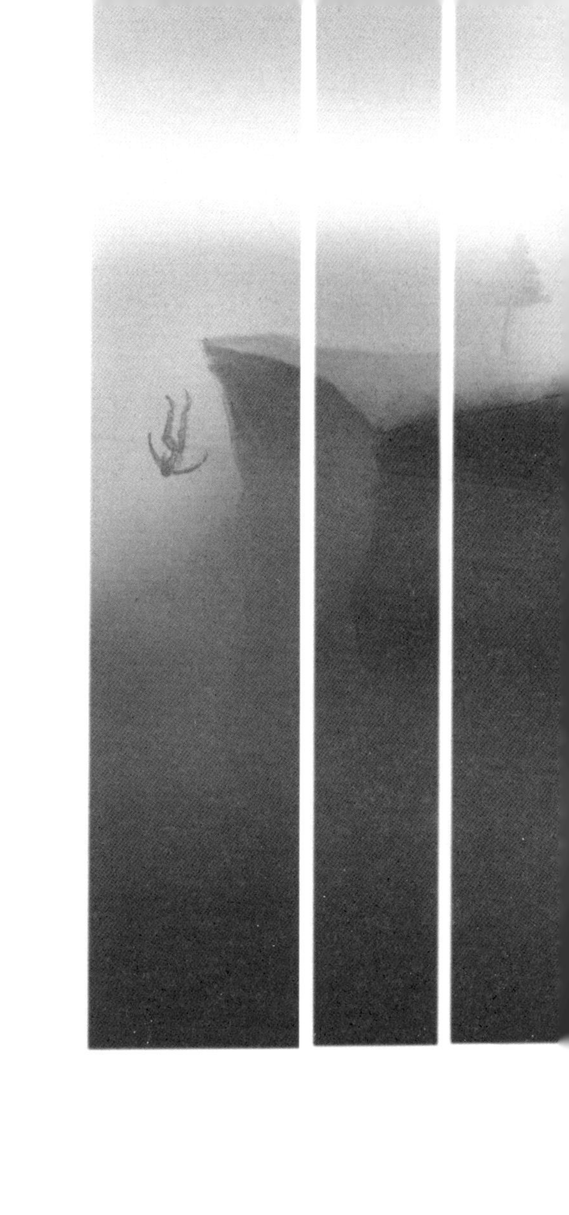

추산

많은 인파가 모여 집회를 하고 있다.
과연 몇 명이나 모였을까?
주최 측 추산 10만 명 vs 정부 추산 3만 명
7만 명이라는 재미있으면서도 씁쓸한 결과 차이.

우리 일상도 그렇다.
5년 사귄 남녀
남자 측 추산 1000만 원 정도 선물했고
여자 측 추산 300만 원 정도 받았단다.
남녀는 자신들 추산을 맹신하며 상대방을 비난한다.

심한 오차를 가지고 있는 단어 '추산'.
가장 정확하다 말하는 단어 또한 '자신들 추산'.

그런데
나 진짜 너무 궁금한데
오늘 정말
몇 명이나 모였던 걸까?

맨홀뚜껑

맨홀뚜껑 아래의 사람은
밤낮을 가리지 않고
큰 소리로 소리쳤다.

맨홀뚜껑 위의 사람은
너무 시끄러워
맨홀 아래를 향해 소리쳤다.
"예의를 지키세요! 조용히 좀 삽시다."

그런 대화는 수년째 계속되었고
그들의 갈등은 끝없이 깊어졌다.

그날도 예의 없는 맨홀 아래의 사람을 혼내려고 다가갔다.
맨홀뚜껑을 망치로 두드리며 항의하려던 순간
처음으로
아래서 외치는 소리를
정확하게 들었다.

"살려 주세요, 제발."

깜짝 놀란 위의 사람은
내려치려던 망치로
맨홀뚜껑을 열어주었다.

그들은
서로의 얼굴을
마주했고

처음으로
행복해졌다.

삐뚤어진 안경

학창 시절 친했던 상철이
녀석은 안경을 벗어 책상 위에 놓고는
균형을 잡는다, 매일.

대충 맞는 거 같은데
예민한지 하루에도 몇 번씩 손본다.

하지만 상철이는 늘
삐뚤어진 안경을 쓰고 있다.

그날도 틀어진 안경을 쓰고
집에 가는 뒷모습을 보며 신기해하고 있는데
깜짝 놀랐다.
녀석의 두 귀의 높이가 확연히 달랐던 것이다.
그러니 정확히 맞춰진 안경이 언제나 삐뚤 수밖에!

나는 기쁜 마음으로 달려가며 외쳤다.

"상철아, 찾았어!
니 안경… 아니,
니 귀~!!"

왜 세상을 흔들려고 하니. 주먹 쥐고 머리 한 대
내려치면 온 우주가 흔들릴 텐데.

클린

온통 더러운 거 같아
'나부터 깨끗해야지.'라고 생각했다.
손발 씻고 얼굴도 씻고 머리도 감고
향수까지 뿌렸더니 기분이 상쾌했다.
바로 이거야!

그리고
하얗고 깨끗한 옷으로 갈아입었더니
더 행복해졌다.
이제 다시 밖으로 나가봐야지.

문밖을 나서는데
공원 벤치에 버려진 쓰레기
취한 사람들의 고성과 냄새가 여전히
아니 그 전보다 더 고약하고 끔찍하게 느껴졌다.

집으로 돌아와 거울 앞에 선 내 모습은 충격이었다.
깨끗한 흰옷 때문에
평상시에 잘 보이지 않던 얼룩들이 더 선명하게 보여

더 더러워 보였다.

내 노력이 날 더
더럽게 만든 걸까?

그러면 나는
적당히 더러워야 하는 걸까?
깨끗해야 하는 걸까?

아직 잘 모르겠다.

설레고, 즐겁고, 괴롭다

깨끗하게 정돈된 주방에서
맛있는 요리를 만들 생각에
설렌다.

맛있는 요리를 만들었고
사람들과 함께 먹으며
즐겁다.

사람들은 돌아가고
지친 몸으로 더러워진 주방을 보니
괴롭다.

힘겹게 설거지 끝내고
다시

친구와 약속을 잡으며 설렌다.
같이 먹으며 즐거울 테고
엉망이 된 주방이 날 괴롭히겠지.

오늘도 나는
주방에 서 있고
그렇게 나는
주방에서 산다.

노랑나비와 개미

노랑나비와 개미는 너무너무 사랑했고
오랜 시간을 함께 보내며 많은 얘기들을 나눴다.
하지만 둘은 점점 힘이 들었다.
개미는 하루에 10미터 걷기도 힘들었고
나비는 10킬로를 날며 자유를 누렸기 때문이었다.

처음엔 서로 다른 환경이 흥미로웠지만
시간이 지날수록 개미의 자격지심과 나비의 답답함은
커져갔다.
이젠 나비 등을 타고 하늘을 나는 것도 싫어 내려달라고
소리쳤다.

진심으로 존중하며 서로의 행복을 빌었기에 더 이상 지켜볼
수 없었다.
헤어지기로 단단히 마음먹은 후 마지막 식사를 하기 위해
식탁에 앉았다.

그동안 너무 고마웠다고 말한 둘은
그동안 너무 힘들었다고도 했다.

이제 서로의 갈 길을 축복해 주자고 말한 뒤 눈물로
돌아서는데 돌아선 개미의 등을 본 나비가 소리쳤다.
니 등에 이상한 것이 붙었어!
내 등? 뭔데?
가까이 가 개미 등에 붙은 것을 보니 날개였다.
작지만 분명히 날개가 붙어 있었다.

나중에 알게 되었다. 개미는 사실 제비나비의 유충이었다.
천천히 땅을 기어다녀, 자신이 개미라고 생각했던 것이었다.
제비나비 유충은 나비 중에 가장 크고 우아한 호랑나비였다.

얼마 후
노랑나비와 제비나비는 하늘을 날며 지난 이야기를 했다.
제비나비는 미안하다 했고
호랑나비는 행복하다 말했다.

그렇게 그들은
마음껏 날아올라
구름을 뚫고 하늘로 올라갔다.

사랑 해.

사랑한다면
사랑해도 좋다.

어떤 상황에 있든
사랑한다면 좋다.

사랑의 시작은 즐겁고
사랑의 끝은 언제나 행복하다.

사랑의 고통을 말하는 사람들
그들은 사랑을 만난 적 없다.

진짜 사랑이 시작되었다면
사랑해도 좋다.

그 사랑은 무조건
좋다.

분류 작업

수염을 발끝까지 늘어트린 할아버지가
분류 작업을 하고 계신다.

너는 이쪽으로 너는 저쪽으로
또 너는 요쪽으로.

"할아버지, 저는 사람들의 모습이 답답해 미치겠어요.
운전할 때도 말할 때도 사람들의 걸어 다니는 모습까지
느려 터진 것 같아 답답해 미쳐~ 미쳐~ 미쳐버리겠어요."

"그래, 그럼 넌 15번 방으로 들어가거라.
거기 가면 너 같은 애들이 모여 있을 거다."

"너는 왜 왔누?"

"할아버지~, 저는 사람들만 보면 도와주고 싶어 미치겠어요.
바쁠 때도 힘들 때도 도움이 필요한 사람만 있으면
참을 수가 없어요.
할아버지도 혹시 뭐 도와드릴 일 없을까요?"

"그래, 그럼 넌 17번 방으로 가거라.
거긴 너 같은 녀석들이 모인 방이다."

"다음 넌 뭐냐."
"할아버지, 제 얘기 좀 들어보세요.
전요, 만사가 귀찮아 죽겠어요.
하루 종일 누워 있었는데도…"

"그럼 넌 301번 방으로 들어가거라."

"넌 왜 왔누?"

"전 운전하다 사람을 죽였어요.
그러려고 했던 건 아닌데…."

"그럼 넌 11번 방으로 가거라."

"다음 넌 왜."

"전 자전거를 너무 좋아합니다.
이놈의 자전거 때문에 이혼까지 갈…"

"그럼 넌 75번 방."

"넌 또 왜?"
"전 노란색만 보면 너무 좋아서…"
"넌 345번 방으로 가고."

"넌 8번 방."
"넌 89번 방."
"넌 2번 방으로."

저마다
가슴 깊은 고민을 가지고 할아버지 앞으로 오지만
오늘도 할아버지는 아무렇지도 않은 듯 분류만 하신다.
혼내지도
가여워하지도 않으시며
그저 나누어 방으로 들여보낸다.

"그래, 그래, 알았다. 그래~.
넌 6번, 넌 5번, 넌 15번 방으로
들어가 보거라."

가볍지 않은 나는
내가 아니었다.

Loop 2

통발

초보 낚시꾼인 나에게 사장님은 '통발'을 추천해 주셨다.
"이렇게 시시해 보이는데 잡히겠어요?"
통발은 꽤 과학적이라 했다.

우선
그물망으로 만들어진 통발은 사방이 뚫려 있는 것처럼 보여
경계심 많은 물고기도 쉽게 유혹한다고 했다.

다음으로
통발 중앙에 먹음직스럽게 달아놓은 먹이는 목숨 걸고 먹이를
구해야 하는 물고기의 일상에 행운 같은 느낌을 준다고 했다.

다음 비밀은
통발 입구에 있는데 물고기가 들어가기에 가장 친절한
모양이라 대충 고개만 디밀어도 미끄럼 타듯 신나게 빨려
들어간다고 했다.

하이라이트는
물고기가 들어간 다음인데

아무리 허술해 보이는 통발이라도
나올 방법은 없다고 했다.
손만 뻗으면 닿을 것 같은 바깥세상은
죽어서나 나올 수 있다고 했다.

아주 가끔 목숨을 던져 빠져나오는 녀석들이 있지만
대부분은 편한 먹이를 먹느라 시간 가는 줄 모른다고 했다.
"이렇게 쉽게 물고기를 잡을 수 있다면 사람들은 전부 통발을
사 가겠네요."

그래서
정부에서는 무분별한 통발 사용을 막고자
수시로 단속한다고 했다.

지금도 많은 물고기들이
통발 안에서 마지막 만찬을 즐기며
자신의 생을 마감한다고 했다.

빨리 마시기 시합

"자! 이번 순서는 누가 빨리 마시나 입니다.
얼음이 둥둥 떠 있는 차가운 물 한 잔과 펄펄 끓는 물 한 잔!
두 잔을 가장 빨리 마시는 사람에게 상금이 돌아갑니다!!"

"그래, 사우나!!
뜨거운 곳에 있다가 차가운 곳으로 풍덩! 이거다!!"

끓는 물을 후후 불어가며 가능한 한 빨리 들이켰다.
입천장이 다 까졌지만 상금을 타고 싶었다.
그리고 얼른 얼음물을 들이켰다.
입안이 얼얼하고 이가 아팠다.
1분 30초! 신기록이다.
천재적인 전략에 인내심까지
내가 이 정도일 줄이야.

이제 마지막 참가자는 할머니 한 분!
내가 이긴 게 확실하다.
할머니는 잇몸이 안 좋으시니까! 아하하하!!

올라온 할머니는
15초 만에
단숨에 들이켜고 내려가셨다.

두 잔을 섞어서.

천혜향

제주 갔을 때 우연히 먹어본 천혜향
새콤하고 달콤하고 고급스러운 꽉~ 찬 맛.
이건 귤하고는 차원이 다르잖아!

하지만 너무 비쌌다.
한 개 삼천 원!
과일 코너 앞을 한참 서성이다 발걸음을 돌리며
한마디 한다.
"사실 천혜향은 내 스타일 아냐. 맛이 너무 강해."

집에 돌아와 보니 천혜향 한 박스가 선물로 들어와 있었다.
나도 모르게 "와, 내가 진짜 좋아하는데" 하며 달려들었다.
그리고 머쓱해 웃었다.

싫어하는 게 노력하는 것보다 쉬워
가질 수 없는 것에 악플을 달았지.

"나는 사실
천혜향을 좋아한다."

20대에는 '돈은 행복의 조건이 아니야.'라고 소리쳤고
30대에는 '부자들은 나쁜 사람들이야.'라고 소리쳤다.
그리고
40대가 되어서야 솔직한 말 한마디 할 수 있게 되었다.
"사실 그들이 부러웠다."

강아지와 칼

내 손을 잘 핥던 강아지가
과일 깎던 칼을 핥아 버렸다.

선혈이 낭자해 비명도 지르지 못하는 녀석
갑작스러운 상황을 감당할 수 없어 주저앉았다.

누구의 잘못도 아닌
원망할 수도 없는

안타까움에 가슴을 친다.
안타까움에 눈물이 난다.

강아지는 가끔 칼을 핥는다.

그래서

널 위해 맛있는 삼계탕을 준비했어.
그래서?
맛있게 먹고 이 더운 여름 잘 이겨내라고.
그래서?
뭐가 그래서야. 널 위해 어렵게 준비한 음식이야.
그래서?
감사 표현 정도는 해야 하는 거 아냐?
그래서?
넌 늘 이런 식이지. 고마움을 몰라.
그래서?
무례한 너에게는 아까운 음식이야.
그래서?
넌 먹을 자격 없고. 나와 같이 있을 자격도 없어.
그래서?
헤어지겠어. 나의 가치를 알아주는 사람을 찾고 싶어.
그래서?
만 원짜리 내 음식을 백만 원처럼 여겨주는 사람을
만날 거라고!
그래서?

난 행복하겠지! 난 행복하고 싶거든!!

“자기야~, 나 닭 먹으면 안 된다고 몇 번을 말해.
 알레르기 있다니까.
 우리 자기 행복은 다음에 다른 방법으로 빌자~.”

서른일곱 꽃다운 나이에 친구가 죽었다.
관자놀이와 심장이 두 주먹으로 꽉 짓눌린 듯 그 자리에
주저앉았다.
그리고 잠시 후 이어진 생각. 내가 빌려준 200만 원은
어떻게 되는 거지?
나는 사람도 아닌 것 같았다.

한 번 더

슬퍼서
슬픈 춤을 보면 위로받을 거 같아
춤을 춰 줄 수 있는지 부탁했다.

하지만 그는
슬픈 몸짓으로 자신의 춤을 자랑했다.
나의 마음엔 무관심한 채
완성도 높은 춤을 펼쳐 보였다.

그는 나를 위로해 주는 예술가인 줄 알았는데
자신의 춤에만 관심 있는 개인주의자였다.

그의 숙련된 노래가
땀 흘린 춤이
내 마음을 한 번 더 아프게 했다.

연극을 하는 후배의 연습실을 구경하러 갔다.
생긴 건 산적 같지만 마음은 여린 녀석이었다.
후배는 악덕 목욕탕 사장 역할이었는데 구두닦이며
때밀이를 내쫓는 상황이었다.
소리 지르며 내쫓는데 사람들은 사장의 말을 장난으로
생각했다.
계속 소리 지르며 내쫓는데도 천진난만하게 받아들이자
갑자기 가슴이 아파진 후배 녀석은 본인의 역할을 잊고
눈물을 글썽이며 소리를 질렀다.
"다 끝났다고… 나가라고…."
연습실은 아수라장 웃음바다가 되었고 녀석은 한동안
마음이 추슬러지지 않는지 한쪽에서 계속 훌쩍거렸다.
살면서 많은 공연을 봤지만 이보다 감동적인 장면을
본 적이 없다.

마디의 시간

대나무 속이 비어 있는 이유는 자라는 속도 때문이다.
하루에 1미터, 한 달 동안 무려 30미터를 자라는 대나무는
너무 빨리 자라 속을 채울 수 없게 된다.

잠시 멈추는 시간에 마디가 만들어지는데
마디는 강하고 속이 차 있다.
속이 빈 대나무가 서 있을 수 있는 이유는
바로 이 마디 때문이다.

빨리 자라면 속을 채울 수 없고
멈춰진 시간에 마디가 생기고
마디는 서 있는 힘이 된다.

자연에서 지혜를 배웠다.

세상을 뒤집다

모든 게 잘못된 거 같아 바로잡고 싶었다.
뒤집고 싶었다.

먼저 눈앞에 보이는 나무 한 그루부터 뒤집기로 했다.
열심히 땅을 팠다. 신나게 팠다.
손톱에 피가 나고 삽자루는 부러졌지만 포기할 수 없었다.
그렇게 나무 하나를 뽑았고 젖 먹던 힘을 다해 뒤집었다.
뒤집어진 나무는 흉하게 망가지고 부서졌다.

부서진 나무 뒤로 커다란 산이 비웃으며 말했다.
나무 하나 뒤집고 지쳐 버린 거야? 난 어떻게 하려고?
저 멀리 호수와 강이 말했다.
우리를 뒤집는다고? 바보 같군. 할 수 있으면 해봐!

좌절했다.
그들이 말이 맞았기에 더 슬펐다.
너무 슬퍼 머리를 박고 울었다.
몇 날이 지났을까.
몸에 있는 물이 모두 빠져나가고

눈물마저 마를 때쯤
살며시 눈을 떴다.

그런데 기적이 일어났다.
세상이 한 톨도 빠짐없이 뒤집어져 있었다.

고꾸라진 내 가랑이 사이로 보이는 세상은
모두 거꾸로였다.
그렇게
온 세상이 뒤집어진 것이었다.

내가 뒤집어진 것이었다.

마법사

어리석은 청년이 마법사를 찾아가 물었다.
“당신의 마법은 얼마만큼 대단합니까?”
마법사는 하늘을 가리키며 말했다.
“저 태양을 없애보겠습니다.”
청년은 비웃었다.

마법사는 지금 이 자리에서 바로 보여주겠다며 두 손가락을 높이 들어 원을 그렸다. 그리고 주문 같은 것을 외우더니 방심하고 있던 청년의 두 눈을 순식간에 찔러버렸다.
눈을 찔린 청년은 땅바닥을 때굴때굴 굴러다녔다.
끔찍한 상황에도 마법사는 당황하지 않고 말을 이어갔다.

“이제 당신 눈에 태양이 보입니까?”
“아! 아! 내 눈!! 보이지 않습니다!!”
“….”
“근데 태양뿐 아니라 모든 것이 보이지 않습니다.”

마법사는 더욱 태연하게 말을 이어갔다.
“맞습니다.”

"태양 빛이 사물에 반사돼 우리 눈으로 들어오게 되는데
이것을 과학에선 가시광선이라 합니다.
태양이 정말 사라졌다면 어떤 것도 반사할 수 없기 때문에
모든 물체가 보이지 않는 것이지요."

청년은 괴로워하며 말했다.
"그렇다면 제 눈의 통증은 왜 그런 거죠?"
"숭고한 것의 탄생이 고통을 수반하듯
사라질 때도 당연히 고통스러운 법!
모든 사물이 보이지 않고 고통이 있다면!
태양은 완벽하게 사라진 것입니다!

"그렇다면 마법사님도 이 세상이 암흑인가요?"
"당연하지요. 하지만 저에게는 마법이 있으니 큰 문제는
아닙니다. 이제 태양까지도 없앨 수 있는 저를 믿으세요.
캄캄해진 이 세상이지만 제가 당신을 보호하겠습니다.
절 따라오세요."

마법사의 위험성을 몰랐던 청년은
자신의 두 눈을 잃고 마법사를 따라갔다.
아니 잡혀갔다.

유리그릇

유리그릇이 말했다.
“불편해 죽겠어.

차가운 거 뜨거운 거 무서워 담을 수도 없어.
깨질까 봐.

털썩털썩 아무 때나 앉을 수도 없어.
깨질까 봐.

누가 쉽게 데려가지도 않아.
무거우니까.

근데 왜 자꾸 만드는 거야.
유리그릇!”

“아름답잖아.”

가벼워지지 않는다면

빵 만든 지 오래됐는데
빵 만드는 일이 점점 가벼워지지 않는다면
당신은 좋은 제빵사가 아닐 수 있다.

누군가를 오랫동안 돌봐왔는데
돌보는 일이 점점 가벼워지지 않는다면
당신은 좋은 간병인이 아닐 수 있다.

학생들을 오랫동안 가르쳤는데
가르치는 일이 점점 가벼워지지 않는다면
당신은 좋은 선생님이 아닐 수 있다.

자식을 오랫동안 키웠는데
키우는 일이 점점 가벼워지지 않는다면
당신은 훌륭한 부모는 아닐 수 있다.

운동을 오랫동안 해 왔는데
운동하는 일이 점점 가벼워지지 않는다면
당신은 건강을 가진 사람이 아닐 수 있다.

당신이 오랫동안 했던 그 일이
점점 가벼워지지 않는다면
당신은 그 일을 진작에
그만두어야 했을지도 모른다.

내 별명은 장금이였다. 오장금.
내 입으로 말하기 민망할 정도로 칭찬을 많이 들었었다.
사람들이 내 음식을 좋아해 주는 이유가 뭐지? 궁금했다.
한참을 고민하다 알게 된 내 음식의 비밀.
'나는 음식 만드는 걸 너무너무 좋아한다.'

행복해지는 동화

옛날 어느 나라에 왕자님이 살고 있었어요.
왕자는 왕궁에서 남부러울 것 없이 부유하게 살고 있었죠.
그러던 어느 날 왕자의 삶이 너무 부러웠던 마녀는
왕자에게 찾아와 왕궁에서 살게 해달라고 부탁을 했어요.
하지만 건방진 왕자는 마녀 따위를 왕궁에 둘 수 없다며
단번에 거절했답니다.

너무나 자존심이 상한 마녀는 왕자놈에게 어떻게 복수할까
하고 호시탐탐 기회를 노리고 있었지요.

그러던 어느 날
왕자는 혼자 숲속으로 산책을 가게 되었고
연못에서 개구리 한 마리를 발견하고 구경을 하고 있었지요.
왕자 뒤를 밟던 마녀는 이 좋은 기회를 놓칠세라
흑마법을 이용해 바라보고 있던 개구리와 왕자를 바꿔
버렸답니다.

마법을 풀 방법은 진심으로 사랑하는 공주의 입맞춤뿐인데
이런 왕자와 입을 맞출 공주는 어디에도 없었죠.

마녀는 자신을 무시하면 어떻게 되는지 확실히 보여 주고는
그냥 떠나버렸습니다.
후회해도 늦어버린 왕자는
연잎 위의 개구리 신세가 되어 이렇게 말했답니다.

"한 나라의 왕자였던 내가 한 마리 개구리로 변해
연잎 위에 누워 날아다니는 고소한 잠자리도 마음대로
잡아먹고 방해하는 사람도 없이 자고 싶으면 자고
놀고 싶으면 놀고, 너무너무 행복하다.
영원히 개구리로 살 방법은 공주를 피하는 것뿐이니
여자 인간이 나타나면 물속으로 숨어 하루든 이틀이든
나오지 말아야지.
그래, 그러면 되겠다~!"

개구리 왕자는
다짐대로 성실히 행동으로 옮겨
영원히 개구리로 행복하게 살았답니다.
마녀에게 고마워하면서요.
끝.

완벽한 숫자

1. 2. 3. 4.
네 개의 숫자를 가지고 산다.

홀수를 싫어하는 사람은
다른 사람보다 너무 많은 홀수를 가졌다고 불평하고
터무니없이 적은 짝수라며 불평한다.

반대도 있다.
짝수를 싫어하는 사람은
많은 짝수를 비난하고 적은 홀수를 불평한다.

태어나면서부터
누구나 1. 2. 3. 4. 네 개의 숫자를 가진다.
네 개의 숫자를 이해한 사람들만 삶에 만족한다.

사람들은 공평한 네 개의 숫자로
대부분
'부족'만을 경험하며 산다.

시간은 아까우니까

반나절 멍하니 소파에서 핸드폰을 보고 있는데
갑자기 드는 생각! '아, 시간이 아까워.'

그래서 친구를 만나 복권이 당첨되면 어디다 쓸지 얘기하며
시간을 보내고 있는데 갑자기 또!
'아, 시간이 아까워.'

그래서 무작정 여행을 떠났지.
한참을 걷고 또 걸어 어느 시골 마을에 앉아 쉬고 있는데
갑자기 스치는 생각 '내가 여기서 지금 뭐 하고 있는 거지?'
'너무 많은 시간이 흘렀잖아.' "시간이 아까워."

그래서 돈을 벌기 위해 열심히 일을 했지.
통장에 돈은 조금씩 쌓여가는데
황금 같은 젊음의 시간이 사라지고 있다는 생각이 들면서
'아, 하루하루 너무 시간이 아까워.'

그래서
'어떻게 해야 시간이 아깝지 않을까.' 하고

가만히 서서 생각해 봤는데
생각하는 이 순간에도 시간이 계속 가고 있다는 생각이
들면서 또 '시간이 너무너무 아까워.'

한 번뿐인 인생
정말 아깝지 않은 시간을 살고 싶어.
고민하고 고민했더니 시간이 다 가버렸다. 어휴….

하지만 나는 얼마 남지 않은 시간이라도
아깝지 않도록 최선을 다해 보려 한다!

왜냐!!
'시간은 너무 소중하고
아! 까! 우! 니! 까!!'

비싼 자전거

자전거는 비쌀수록 가볍다.
15kg 자전거 10만 원
10kg 자전거 100만 원
5kg 자전거 1000만 원

1000만 원짜리 사서
친구의 10만 원 자전거와 경주했다.

내가 졌다.

뭐지?
왜지??

내 자전거 5kg 내 몸무게 90kg.
친구 자전거 15kg 친구 몸무게 60kg.

"아!
그래서 졌구나."

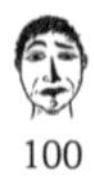

GUCCI

여유

외딴섬 갯바위 해산물 파는 노인
맛있어 보여 한 접시 먹었다.
얼마냐 물었더니 25,000원 달란다.
주머니에 5만 원권 한 장 있다.

"어르신, 거스름돈 있어요?"
"읍써."
"카드 돼요?"
"안 돼."
"그럼 계좌번호라도 주세요."
"그런 거 몰러."

어떻게 해결할까?
5만 원권을 반으로 잘라 드리며 말했다.
"다음에 읍내 은행 가시면 25,000원으로 바꿔줄 거예요."
40% 이상의 지폐를 은행에 가져가면 절반의 돈을 돌려준다.

'돈은 찢으면 안 돼'에 갇히지 않는다면
삶의 문제들도 좀 더 여유로워지지 않을까.

내가 하고 싶은 일

악마는
송곳이 조여오는 방에 나를 집어넣고
한 가지 질문에 답해 보라고 했다.
만약
정확한 답을 하지 못하면 송곳이 심장을 뚫을 거라 했다.

악마의 질문은 쉬웠다.
“당신이 정말로 하고 싶은 일은 무엇인가?”

간단하다 싶어 답하려는데 악마가 충고했다.
“틀린 답으로 많은 사람이 여기서 죽었다.
기회는 한 번뿐이다.”

고민했다.
10년 같은 10분이 지나고
가슴에서 시작된 슬픔이 눈을 통해 흘러나올 때쯤
나는 입을 열었다.

내가 하고 싶어 하는 일은 어떤 '무엇'이 아닙니다.
내가 하고 싶은 일은
다른 사람들로부터 부러움을 사거나
높게 평가받는 것입니다.

내가 하고 싶은 일은
노래를 잘 부르는 것이었습니다.
노래를 잘 부르면
사람들이 나를 부러워할 것 같아서였습니다.

내가 하고 싶은 일은
요리를 만들어 정성스럽게 대접하는 것이었습니다.
요리를 만들어 정성으로 대접하면
사람들이 나를 높게 평가할 것 같아서였습니다.

내가 하고 싶은 일은
값비싼 자동차와 큰 저택에 사는 것이었습니다.
비싼 차를 타고 좋은 집에 살면
사람들이 나를 부러워할 것이라 생각했습니다.

내가 하고 싶은 일은
어려운 봉사 활동이었습니다.
내가 하는 봉사가 어려울수록
사람들은 나를 높게 평가할 것이라 생각했기 때문입니다.

열정을 다해 달려온 이유는 '사람들의 평가' 때문이었습니다.
만약 그것이 사라진다면 삶의 이유도 사라질 것입니다.

슬프게도 생각나는 저의 꿈은
'사람들의 시선'
그것뿐입니다.

악마가 말했다.
"나는 악마다. 인간을 괴롭히지.
죽음보다 삶이 더 괴로운 인간은
자신의 삶으로 다시 돌려보낸다.
훗날 삶이 행복하게 되면
다시 한번 이곳에서 보도록 하자."
라고 말하며 풀어 주었다.

작은 별

반짝반짝 작은 별

너무

작다….

터미널에서

붐비는 터미널, 한 남자가 대기 의자 하나에 몸을 던졌다.
서 있는 사람들의 눈총에도 뿌듯한 표정이다.

마침 그 남자 옆 두 사람이 대화한다.
"저 꼴불견 남자 언제 일어나려나. 다리 아파 죽겠네."
"야, 기다릴 거 있냐. 내가 빼앗아 볼게."
그러고는 남자에게 다가가 공손히 말했다.
"저, 죄송한데요. 여기 약국이 어디 있는 줄 아세요?"

이야기를 엿들은 남자는 퉁명스럽게 말했다.
"저쪽에 있는 거 같던데요."
"죄송한데 제가 여기 처음이라 같이 가 주실 수 있으세요?
꼭 사야 하는 약이 있어서요."
"아, 네. 제가 약국 위치는 아는데 다리가 좀 불편해서요.
미안하네요."
"아니, 그러지 마시고 보이는 데까지만 알려 주시면
제가 찾아가겠습니다. 부탁 좀 드리겠습니다."
"아니, 이보세요! 제가 다리가 아프다고 하잖아요.
얼마나 아픈 줄 알고 일어나라 마라예요?! 저 아세요?!"

"아이고, 죄송합니다. 아까 저기 편의점에서 마주쳤던 분인 줄 알고 그분은 무거운 가방을 들고 걸어가셨거든요. 여기 가방이 같아서 그만… 제가 잘못 본 거 같습니다. 그런데 다리가 아프신데 어떻게 이 무거운 가방을 옮기려고 그러세요?"

뭔가 말려드는 거 같아 화를 버럭 냈다.
"아, 그건 내 사정이지. 그쪽이 걱정할 일은 아니잖아요! 거, 초면에 진짜 이상한 사람이네. 친구가 데리러 오기로 했습니다!

그리고 제가 그런 거까지 말해야 합니까! 그리고 이건 말 안 하려고 했는데 두 사람 얘기 다 들었어요. 멀쩡하게 생긴 사람들이 남의 것 뺏으려고만 하고 말이지. 그렇게 나쁜 마음을 먹으면 되겠습니까!? 그런 식으로 살면 그렇게 뒷북이나 치지. 그럴 시간이면 성실하게 땀 흘려 노력할 생각을…"

그때 안내 방송이 나왔다.
"2시 15분 부산으로 가는 우리 열차, 이제 출발합니다."

"어, 저거 내 열찬데." 남자는 급하게 짐을 들고 뛰어갔지만 놓치고 말았다.

두 사람이 대화한다.
"봐, 내가 뭐랬어. 저 사람 열차 놓치게 할 수 있댔지."

빈손

물건을
잡을 수 있는 손은
훌륭한 손이
아니라

빈손이다.

협박하는 사람들

엄마는
'늦게 들어오면 가만 안 두겠다.'
협박한다.
날 사랑해서란다.

선생님은
'시험공부 열심히 안 하면 가만 안 두겠다.'
협박한다.
날 사랑해서란다.

코치 선생님은
'5분 안에 못 들어오면 가만 안 두겠다.'
협박한다.
날 사랑해서란다.

무속인은
'부적 안 쓰면 무사하지 못할 거다.'
협박한다.
날 사랑해서란다.

날 사랑한다는 사람들이

날 자꾸

협박한다.

단거 쓴거

단 거를 잔뜩 먹었더니 쓴맛이 났고
쓴 거를 자주 먹었더니 단맛이 느껴졌다.

나중에 쓴 건 처음에 단것이었고
나중에 단 건 처음에 쓴 것이었다.

단것과 쓴 것이 경계를 허물더니
어느 순간 바뀌어 버렸다.

이제
단것을 덜 즐기게 되었고
쓴 것을 덜 두려워한다.

가장 깊은 심해

7,500미터 바닷속 깊고 깊은 심해
우주같이 넓고 지옥같이 어두운 곳
드디어 그곳을 탐사할 잠수함이 개발되었다.
사람들의 환호 속에 최첨단 잠수함을 실은 바지선이
태평양 한가운데 도착했다.

수십 명의 과학자들과 기자들이 기대에 부풀어 있다.
이제 국장의 출발 신호와 함께 미지의 세계로 출발한다.

카운트다운 3! 2! 1!
그런데 아직 출발 명령이 없다.
국장은 갑자기 생각에 잠겼다.

사람들이 종용한다.
"국장님, 출발 외치셔야죠~!"

사람들의 성화에도 묵묵부답
눈살만 찌푸리고 있다.

그렇게 5분, 10분, 1시간, 하루가 지났다.

사람들은 당황했고 3일을 버티다
다시 육지로 돌아왔다.

국장이 왜 출발을 외치지 않았는지 질문이 쇄도했다.
하지만 그는 아직도 입을 열지 않은 채 환장할 고민만 하고 있다.

7,500미터를 내려가는 것보다
한 사람 마음속을 들여다보는 게
더 어려울 때가 있다.

무서운 얼굴

광고 이미지에 쓰려고 무서운 표정을 찾았다.
가능한 한 잔인스럽고 끔찍한 이미지였으면 했다.

그런데 더 끔찍한 걸 찾으려니까
생각보다 무섭지가 않았다.

치켜뜬 눈썹,
찌푸려진 미간,
쏘아보는 눈빛들.

그 모습을 계속 보고 있는데
이상하게도 묘한 슬픔이 느껴졌다.

뿔 달린 모습,
세 개의 눈을 달고 위협하는 모습,
날카로운 이빨을 드러낸 모습
모두 다 슬퍼 보였다.

어쩜 저들은
강아지와 산책하거나 음악 듣는 걸 좋아할지도 모르는데
선입견 때문에 고단했을 삶이 안쓰럽기까지 했다.

모아 놓고 보니
입 벌려 소리 지르는 모습은
영락없는 우는 모습이었다.

보면 볼수록 아픔과 슬픔이 더 크게 느껴져
공포 이미지로 사용할 수 없겠다 싶었다.

그러다 우연히
사람들 앞에서 손 흔들며 웃는
강연자의 모습을 보게 되었는데
그 눈빛에서 서늘한 공포가 느껴져
갑자기 온몸의 털들이 쭈뼛
서버렸다.

뭐(든지 해보지)뭐

수프를 끓이려고 한다.
뭘 넣어야 하지?
당근? 감자? 양파?

당근을 넣으면 달콤한 당근수프
감자를 넣으면 고소한 감자수프
양파를 넣으면 시원한 양파수프
다 넣으면 맛있는 야채수프

무엇을 넣을까?
무엇이든 넣자.

악마가
내게 소리쳤다.
춤춰라!

Loop 3

멈춰 서게 된 날

하늘에 구멍이라도 난 듯 억수같이 내리는 비.
한 손엔 장바구니, 한 손엔 우산, 어깨엔 무거운 가방
바닥은 물바다라 짐을 내려놓을 수 없고
전화는 계속 울리는데 차 문을 열 손가락 하나가 없다.

차창에 비친 내 모습을 본다.
짐과 가방 때문에 팔은 점점 저려 오는데
나는 왜 여기서 멈춰 버린 거지?

지독한 머피의 법칙을 원망하던 것도 잠시
지혜의 여신이 찾아왔고 방법이 떠올랐다.
그래!! 순서를 정하는 거야.
포기할 순서!

그래도 가장 먼저 포기할 수 있었던 건 우산이었다.
우산을 놓았더니 몸이 젖기 시작했지만 아주 잠시였고
자유로워진 오른손으로 차 문을 열고 짐들을 정리했다.
그리고 얼마 후 차 안에서 젖은 몸을 말리며
전화를 받았다.

멈춰 서게 된 날

용기 내 순서를 정할 수 있길 바래.

잠시 젖겠지만

곧 행복이 찾아올 거야.

이유가 없네

왜 그렇게 열심히 운동하시나요?
강한 몸을 가지고 싶어서요.
왜 강한 몸을 가지고 싶으신가요?
강한 몸이 좋잖아요!
그래도 강한 몸이 좋은 이유가 있을 것 같은데요?
더 강하고 강한 몸을 가지고 싶습니다!!
아…, 이유가 없군요.
이유가 없다뇨. '강한 몸을 가지고 싶다.'는 분명한 이유가 있잖아요.
그건 이유가 아닌데….
강한 몸을 가지면 기분이 좋아져요.
그보다 더 큰 이유가 있을 수 있나요?
아, 네. 강한 몸을 가지시길 응원하겠습니다.
네, 감사합니다. 비꼬는 건 아니시죠. 쳇.

돈을 많이 벌고 싶습니다.
이유는요?
돈을 많이 벌면 좋잖아요.
그러니까 그 이유는요?

돈을 많이 벌고 싶습니다. 더 많이 더 오래.
이유가 없으시군요.
없는 거보다 좋잖아요. 바보예요?
아, 네. 돈을 많이 벌길 응원하겠습니다.

왜 그렇게 높게 올라가려 하시나요?
낮은 거보다 좋잖아요.
아…, 이유가 없으시군요.

왜 그렇게 오랫동안 물속에서 숨 참기를 하시나요?
오래 참으면 참을수록 더 오래 참는 능력이 커져요.
아…, 그렇군요.
더 오래 참을 수 있길 응원합니다.
감사합니다. 파이팅!

이유가 없네.
철학이 없네.

휘어진 길

어머니는 늘 말씀하셨다.
"바르게 걷고 변하지 마라."

그래서 나는
삶을 곧고 바르게 걸었다.
하지만 길이 휘어져 있어서
벽에 자주 부딪혔고 끝내 멈춰 서버렸다.

바르게 걷는 것 외에 다른 방법이 없었던 나는
몇 시간 몇 날을 그 앞에서 힘들어하다
뒷걸음질로 겨우 빠져나왔다.

그 일이 반복되니
걷는 것 자체가 두려워
한 걸음도 움직일 수 없게 되었다.
그렇게 그 자리에 멈춰 서 있는데
한 노인이 가벼운 걸음으로 지나가셔서 물어보았다.
"어르신, 이 길을 잘 걷는 방법이 뭔가요?"

노인은 고개를 한번 갸우뚱하고는 익살스러운 표정으로 대답했다.

"휘어진 부분이 나오면 휘어져 걷고
곧은길이 나오면 신나게 뛰고
또 휘어진 길이 나오면 다시 휘어져 걷고
곧은길이 나오면 다시 뛰고
다시 휘어지면 휘어져 걷고
곧게 걷고
휘어져 걷고
곧게…
근데 이거 언제까지 설명해야 하나?"

"아…, 아뇨.
알겠습니다.
생각보다 쉽네요.
감사합니다."

그리고
앞으로 가야 할 길을 다시 바라봤다.
춤추고 있었다.
신나게 춤추느라
길이 휘어져 있었다.

신이시여

"오, 신이시여!
"밤 12시에 라면을 끓이고 싶은데 이것은 옳은 일입니까?
옳지 않은 일입니까?"

"이제부터는 작은 것 하나까지 신께 물어보고
행동하고 싶어서 진심으로 물어봅니다."

간절함에 감동받은 신이 대답해 주었다.
"내 대답은 이것이니 꼭 기억해라~!"
"니가 좋을 대로 해라. "

"네? 아닙니다! 말씀해 주세요! 따르겠습니다!"

"아니, 요 녀석! 라면 먹고 살 안 찌게 해달라고
부탁하는 거구나!"
"인간들은 언제나 너와 같은 소원을 빌지.
하지만 나는 한 번도 들어준 적이 없다. 왜냐!"
"어떤 신이라도 그런 능력은 없으니까."

두 사람

열심히 살며 도전을 멈추지 않았던 한 남자가 있었다.
번번이 실패했던 그에게 마지막일지도 모르는
기회가 찾아왔고 남자는 심사숙고하기 위해
가족과 지인들에게 묻고 또 물었다.

하지만 주변 사람들은 점점 그와 대화하기를 꺼렸다.
같은 질문들을 계속 묻고 또 물었기 때문이었다.
"빨간색이 나을까? 빨간색이 낫겠지? 빨간색 어때? 빨간색 좋아?"

처음엔 자기 일처럼 조언했던 사람들도 모두 떠나고
이제 자신 앞에 놓여 있는 문제들을 혼자서 해결해야 했다.
두려웠던 그는 자신을 도와줄 누군가를 간절히 원했고
마침내 한 사람을 찾아냈다.
아니 만들어 냈다.
바로 자기 자신이었다.

남자는 행복했다.
언제나 대화할 수 있고 같은 질문을 반복해도 항상 진지하게 대답해 주었다.
“빨간색이 좋을까?”
“그런 거 같기도 하네.”
“너무 촌스러울까?”
“그래도 다른 색은 더 이상하지.”

그 불완전한 대답은 또 다른 질문들을 만들었고
빠져나올 수 없는 대화의 쳇바퀴 속으로 빠져들어 갔다.
해결되지 않는 대화지만 치열하고 열정적이었다.
대화 중엔 주변이 보이지 않을 만큼 행복했다.

그렇게 수년이 지났다.

그는 이제 일상도 잊은 채
길을 걷다 밥을 먹다 갑자기 깊은 대화에 빠져든다.
심각하다 웃고 화내다 소리 지른다.
그리고 다시 중얼거리다 허공을 향해 한숨 쉰다.

그는 무덤까지 같이 갈 수 있는 영원한 친구와 함께할 것이다.
그렇게 그는 두 사람이 되었다.

아이들은 그를 ‘미친 사람’이라 부르곤 한다.

그림 한 장

쉰 살 친구 다섯이 모여 망년회 한다.
짓궂은 친구가 그림 한번 그려 보자며
도화지 한 장씩을 내밀었다.
머쓱함도 잠시 갑자기 진지해진 친구들
종이 한 장이 뭐라고 열 번 고민하다 시작한다.
그리다 그리고 싶지 않으면 멈출 수 있고
외로워 보이는 곳에 마음 따뜻한 색을 입혀 본다.
숨소리만 들리던 초집중의 시간이 지나고
어설프게 그려진 그림들을 보며 깔깔거리고 웃는다.
그러다 친구 마음 느껴져 가슴 먹먹한 눈물도 맺힌다.

우린 서로 '작품'이라 말해주고
더 근사한 앞날을 응원했다.

무심코 해본 그리기가
휴지 한 통 다 쓰게 만드는
행복을 선물했다.

친한 형님과 동생 그리고 나 셋이 밥을 먹으러 갔다.
매운탕을 먹었는데 정말 맛있었다.
카페로 이동, 커피 한 잔과 달콤한 케이크를 먹었다.
오랜만에 깔깔거리고 웃었더니
오후 시간이 훌쩍 가버렸다.
'하루해가 저물 때 쯤 생각했다.
맘 편한 사람들과 즐겁게 먹은 오늘보다 더 좋은 게
있을까?
난 왜 지금도 그렇게 애를 쓰며 사는 걸까?
도대체 뭘 찾으려고.'

부자

부자라면 100억쯤 있어야 한다고 생각했다.
그러나 부자의 조건은 조금 달랐다.

부자의 첫 번째 조건은 '가족'이고
두 번째는 '건강'
세 번째는 '자유'였다.
이를 3F(family, fitness, freedom)라 부른다.

먼저 나는
가족 관계가 나쁘지 않다. 가족과 통화하고 명절을 기다린다.
꾸준히 운동하니 건강도 좋은 편이고
시간은 남아돈다.
이런! 나 부자였어? 기분 좋다.

산속 자연인은?
혼자 사니 가족 갈등 없고 좋은 공기와 물 있으니 건강하고
시간 여유야 말해 뭐해. 역시 웃고 사는 이유가 있었네.

회장님과 대통령은?
가족들 단속에 노심초사. 바쁜 스케줄에 건강과 자유를
반납했겠네.
빈곤층이었네.

가족과 대화하는 시간이
운동하며 땀 흘리는 시간이
자유롭게 여행하며 즐거웠던 시간이
내 인생을 부요하게 만드는 소중한 시간들이었구나.

기르기가 좋습니다

강아지 종류에 따라
성향이 다르니까
잘 알고 기르셔야 합니다.

푸들은
애교가 많아 사랑스럽지만
애착이 심한 편입니다.

말티즈는
깔끔한 성격이나
이중적인 성향이 있습니다.

시바견은
착하지만
겁도 많습니다.

비숑은
활달하고 순하지만
돈이 많이 들죠.

퍼그는
온순하지만
코를 곤답니다.

인간은
이기적이지만
욕심도 많답니다.

성향을 알고 기르면
기르기가 좋습니다.

나는 화초 키우는 걸 좋아한다.
처음엔 대부분 죽어 나갔다.
전문가에게 물어보니 너무 과해서 그런 거라고 했다.
식물마다 물 먹는 속도가 다르고 햇볕을 즐기는 정도도
다르다고 했다.
관심을 좋아하는 녀석도 있지만 내버려두면
더 잘 자라는 녀석도 있다고 했다.

가장 선명한 줄

중요한 곳에 빨간 줄을 그어야지.
그런데 읽다 보니 중요한 게 너무 많은 거야.
그래서 다 그어 버렸지.

그런데 이상하게도
더 이상 강조가 아닌 게 돼 버렸어.
온통 빨간색이라
뭐가 더 중요한 건지 모르게 된 거지.

빨간 줄이 너무 많은 사람도 어쩜
뭐가 중요한 건지 모를 수 있어.

빨간 줄은
한 줄일 때
가장 선명하기 때문이야.

말한다, 계속 말만 한다

달리고 있는 사람은, 멈출 방법이 없다고 말하고,
멈춰있는 사람은, 움직일 수 없다며 방법을 알려달라고 하고,
놀고 있는 사람은, 오늘까지만 논다고 매일 말하고,
일하는 사람은, 아파 죽어도 변함없이 새벽에 몸을 일으키고,
바쁜 사람은, 없는 일도 만들면서 불평하고,
무기력한 사람은, 작은 일에도 일복이 터졌다 말하고,
잔소리하는 사람은, 어쩔 수 없이 잔소리가 는다고 말하고,
잔소리 듣기 싫은 사람은, 듣기 싫다고 계속 반복해서 말하고,
잠이 많은 사람은, 더 많이 잘 수 있는 방법을 찾아다니고….

"아니, 뭔 소리야?"

"사람들은 그냥
하던 거만 계속하고 싶어 한다고."
"항상."

믿음을 요구 하셨습니다

어떤 사람이 불쑥 찾아와 말했다.

"저기 저 큰 산이 보이십니까?
저희 회장님께서 천억 원쯤 되는 저 산을
당신에게 선물하기를 원하십니다."

"저한테요? 아니 왜요?"

"공짜는 없습니다.
회장님께서는 그 대가로 믿음을 요구하셨습니다."

"믿음이요?"

"맞습니다. 저 산의 주인이 되시면 약간의 재산세는 직접
내셔야 합니다. 그뿐만 아니라 당신은 저 산의 주인이라는
걸 누구에게도 말할 수 없습니다.
계약을 어기시면 상당한 위약금을 내셔야 합니다. 그리고
훗날 당신이 죽고 나면
저 산은 자동으로 상속돼 가족들은 억만장자로 살 수 있게

됩니다.어떻게 하시겠습니까?"

"아니! 그걸 어떻게 믿으라는 거예요!"

"맞습니다. 이 믿을 수 없는 상황!
그럼에도 회장님의 약속을 믿는 사람!!
그 운명적인 사람에게 천억 원을 상속하신다 하셨습니다."

"그래도 가족에게는 말할 수…"

"역시 당신도 불신하시는군요…. 이해합니다….
저는 이만 다음 집으로…"

"아니, 아니, 잠시만요."
자식들이 억만장자로 산다 이 말이지.
한참을 고민한 남자는 결심한 듯 대답했다.
"에라, 모르겠다. 믿어 보죠!! 믿겠습니다!!!"

"정말입니까? 믿을 수가 없군요!!
대단합니다!! 천억 원의 주인이 탄생했어요!!
정말 정말 축하합니다!!

저 산에는 밤나무가 많습니다.
매달 밤을 한 자루씩 보내 드릴 텐데
당신이 저 산의 주인이라는 증표라 생각하시면 됩니다."

"네! 잘 받고 의심하지 않겠습니다!!"

"다시 한번 당부드립니다.
회장님은 믿음을 중요하게 생각하십니다.
누구에게도 말씀하시면 안 됩니다!"

"아, 글쎄, 걱정 마시라니까요!"

그날 이후
자동차가 긁히고 술값을 대신 냈는데도 웃음이 나왔다.
사람들은 그 웃음의 이유를 물었지만 절대로 말하지 않았다.
아무도 몰라줘도 약속을 믿었더니 매 순간 행복이 밀려왔다.
재산세를 내며 밤을 먹을 때마다 즐거웠다.

그렇게 집에 불쑥 들어왔던 그 사람은
옆집에도 들어가 밤 한 자루와 수십만 원을
또 바꿔갔다.

피아노가 두 대 있는 집

비싼 피아노가 거실에 있다.
첫째 아들은 관심 없어 가끔 띵띵거리고
둘째 아들은 열심히 연습해 아름답게 연주한다.

피아노가 두 대 있는 듯
같은 자리에서 다른 소리를 낸다.

피아노는 변화 없었다.
피아노는 문제없었다.
피아노는 죄 없었다.

아름다운 상처

고무나무가 있었다.

사람들은 그 나무에 상처를 냈고
상처 난 자리에서 진액이 흘러나왔다.
고무나무는 매일 그렇게 날카로운 칼날을 온몸으로 받아냈다.

어느 날 참새 한 마리가 날아와 애처로운 듯 얘기했다.
"저 산 너머 바위 절벽에도 고무나무가 있어.
사람들이 갈 수 없는 그곳엔 상처 없는 나무들이 살고 있지.
너의 씨앗도 그 절벽에 떨어트려 줄까?"

상처투성이 고무나무가 말했다.
"괜찮아. 난 사람들의 이야기를 들었거든."
"어떤 이야기?"

"엄마, 이 나무 이름이 뭐야?"
"고무나무."
"왜 이름이 고무나무야?"

"응, 이 나무는 자기 몸에 난 상처에서 고무가 흘러나와
사람들은 그 고무로 손과 발을 보호할 수 있지."
"아, 그래서 고무나무구나. 고마운 나무. 고무나무."

아이는 작은 팔로 나무를 안아주며 말했다.
"고마운 나무야, 우리가 널 잊지 않을게.
고마워, 고무나무야."

채비

처음으로 낚싯대를 던져 봤다.
'뭐, 잡히겠어.' 하고 있는데
큰 참치가 물었다.

선장님은 큰일이라고 했다.
나는 좋은 거 아니냐고 되물었다.
곧 알게 된다 했다.

잠시 후 낚싯대가 부러졌고
손을 놓지 않았으면 끌려 들어갈 뻔했다.

선장님은
채비 없이 큰 물고기가 물면 큰일 난다고 했다.
잡는 것보다 준비된 채비가 먼저라고 했다.
여기 와서 작은 것부터 잡으라고 했다.

하지 않은 날

내가 하루 동안 거짓말을 하지 않는 날은
하루 동안 말을 한마디도 하지 않은 날이다.

내가 하루 동안 비관적인 말을 하지 않는 날은
하루동안 말을 한마디도 하지 않은 날뿐이다.

가장 센 녀석

세상 무서울 게 없는 주먹이란 녀석이 있었다.
휘두르기를 좋아했던 주먹은 가는 곳곳마다
큰소리치며 살았다.

그러던 어느 날 보자기를 만났다.
주먹은 늘 그래왔듯 주먹을 휘둘렀지만
이전 녀석들과 달랐던 보자기는 주먹을 감싸 숨통을 죄었다.
모든 방법을 동원해도 이길 수 없었던 주먹은
보자기를 형님으로 모시기로 했고
보자기는 이 골목의 진짜 대장이 되었다.

그날도 보자기와 주먹이 골목을 주름잡고 있는데
저 멀리 그림자 하나가 나타났다.

보자기는 그림자를 보며 갑자기 겁에 질리더니
이내 주먹 뒤로 숨어 버렸다.
그리고 잠시 후
그 가느다란 그림자 끝에 가…가…가위가 나타났다. 분명
가위였다.

오늘 아침에도 가위 다섯 녀석을 단번에 제압하고
보자기의 심부름을 다녀왔던 주먹이었다.
그 가위가 눈앞에 서 있는 게 아닌가.
이를 지켜본 보자기는 가위인 것을 확인하고 실신해 버렸다.

얼마의 시간이 지났고 셋은 한자리에 앉았다.

이제부터는 더 이상 누구를 지배하거나 해치지 않기로 했다.
꼭 그렇게 하기로
서로서로에게 약속했다.

추행과 간섭

추행과 간섭의 공통점은

'자신만의 생각으로
 상대방의 의견 없이 행위를 하는 것'

사랑은 서로일 때 성립된다.

간섭은
무심코 하게 되는
작은 추행이다.

DIARY
MY SECRET NOTE

위로해 주고 싶어서

"안녕하세요. 방송작가 김입니다.
유명 연예인으로 살다 10년 전 불의의 사고로 하반신 마비가 되셨는데 요즘 어떻게 지내고 계세요?"

"처음엔 자살 생각까지 했었지만 지금은 극복하고 적응하며 살고 있습니다."

"그래도 어려움이 많을 거라 생각됩니다. 가장 힘들 때가 언제인가요?"

"일상은 익숙해져 괜찮은데
사고 당시를 떠올리는 건 여전히 힘든 고통입니다."

"아, 그러시군요. 이번 생방송에 출연 제의를 드리고 싶은데 괜찮으신가요?

"네, 알겠습니다."
방송 당일 휠체어를 타고 무대로 나왔고
객석에서 가슴 뭉클한 응원의 박수가 쏟아졌다.

따뜻한 목소리의 사회자가 질문했다.
“불의의 사고로 그간 얼마나 힘드셨을까요?
 당시 사고 상황을 말씀 좀 해주세요.”

“네?… 저… 그…”

생방송으로 클로즈업된 얼굴에 다시 재촉하듯 질문한다.
“괜찮습니다. 당시 상황이 궁금합니다.
 구체적으로 말씀해 주시죠.”

“그러니…까… 아니…”

“오랜만의 방송이라 긴장하셨나 보네요.
 괜찮으니 편안하게 말씀하세요.”
“저희가 진심으로 위로해 드리고 싶거든요.”
“자, 어서요!”
“말씀해 주세요!”

처음 글을 썼을 때가 생각났다.
죽을 만큼 힘든데 아무도 곁에 없었다.
마침 메모장 하나를 발견했고 속마음을 그냥 갈기듯 써
내려갔다.
모두 쏟아 내고 나니 행복감이 찾아왔다.
그렇게 소중한 글들이 만들어졌고
이제 사람들 앞에 그 이야기를 보여주려 한다.
나의 글을 이해해 줄 사람들을 만나는 일인데도
두렵고 떨리고 마음이 복잡하다.

쥐에게 쫓기는 코끼리

결핍을 경험했던 사람들은
그것이 상실되었을 때 감당할 면역력이 없다.

애정의 결핍을 경험한 사람들은
밑 빠진 독처럼 온갖 애정을 쓸어 담지만
작은 소외감에도 극단적 충동을 느낀다.

돈의 결핍을 경험한 사람들은
최대한 열심히 일하고 효율적으로 생활하지만
작은 실패에도 모든 것이 끝났다는 감정을 느낀다.

자존감의 결핍을 경험한 사람들은
밤낮을 노력하고 최선을 다하지만
결국 자신 때문에 엉망이 될 거라 생각한다.

쥐에게 쫓기는 코끼리처럼
결핍을 경험한 사람들은
그것을 이겨낼 방법을 모른다.

힘든 날이 낫다

잔인하게 추운 날이 낫다.
영하 10도 아니 영하 20도가 낫고
폭설 내려 몸과 마음이 모두 멈춰 버린다면 더 좋다.
사랑하는 사람 손잡는 일도 어려울 만큼 추운 날이 더 낫다.
시간 지나 따뜻한 봄기운 느껴지면
나는 어떻게 해야 되지?

숨 쉴 수 없는 뜨거운 여름이 낫다.
40도를 넘나들고 불쾌지수가 하늘을 찌르는
그래서 누구 하나 긍정의 몸을 움직이지 않아도
그러려니 하는 불볕더위가 낫다.
시간 지나 선선한 가을바람 불어오면
나는 어떻게 해야 되지?

캄캄한 밤이 낫다.
하루를 후회해도 돌이킬 수 없고
소주잔 하나 외에 아무것도 존재하지 않는
그래서 아침을 도무지 상상할 수도 없는
깊고 깊은 밤이 낫다.

시간 지나 새벽하늘 붉어지면
나는 어떻게 해야 되지?

모두가 불행한 시간
웃을 수 없고 울 힘조차 없는
모두가 힘든 날이 낫다.
시간 지나 하나둘씩 행복해져 버리면
나는 어떻게 해야 되지?

모두 다 힘들면
차라리
낫겠다.

뭣 하러 뒷산에 올라 시내를 내려다봤을까.
화려한 불빛들이 나를 더 슬프게 했다.

83

춤춰라!

피곤해 쓰러져 잠들었는데 깨어나 보니
언덕으로 이어진 끝없는 줄에 내가 서 있었다.

그 줄 끝엔 덩치 큰 악마가 서 있었고
앞에 선 사람과 몇 마디 대화를 나누더니 기분이 나빴는지
커다란 쇠몽둥이로 옆구리를 후려갈겨 떨어트려 버렸다.
나도 잠시 후 저렇게 되려나 겁먹고 있는데
다음 사람은 옆에 있는 황금 문으로 들여보냈다.
너무 멀어 어떤 대화인지 알 수 없어 두려운 마음으로
차례를 기다렸다.

마침내 악마 앞에 도달했고
키가 10미터도 넘는 괴물이 무시무시한 목소리로 말했다.

"춤춰라!

손끝 말고 가슴으로
엉덩이가 흔들릴 때까지.

진지함도 두려움도 핑계하지 말고
움직일 수 없는 이 끔찍한 시간에

탈출구가 보일 것이다!
그리고 열릴 것이다!!

지금 이 자리에서
당장
춤춰라!

가슴 벅찬
춤을 춰라!!"

학창 시절 내 엉덩이를 걷어차던 발랄한 여동생과
연락이 닿았고 20년 만이라 반가움에 소리쳤다.
하지만 엄마가 된 녀석은 삶의 무게에 많이 지쳐 있었고
예전의 목소리가 아니었다.
뭐라 위로하지 못하고 전화를 끊는데 용기가 생겨
동생에게 한마디 했다.
"옛날엔 춤추듯 뛰어다녔지. 그 시절 우린 꽤 강했고
행복했어.
지금은 많이 무거워졌지만 그래도 춤출 수 있어야 돼.
출구도 보이고 함께 어깨를 들썩여 줄 친구도 생길 거야.
동생아, 다시 춤춰야 돼."

투구게

내 엄마 배 속에 있을 때
안과 밖 모두 살갗이었다.

오랜 시간 바다를 떠도니
온갖 위험이 날 위협해
내 살갗이 투구로 변했다.

날카로운 이빨도 뚫을 수 없게
한 해 한 해 더 두껍고 더 딱딱해져 갔다.

그렇게 나는 투구게가 되었다.

못생기고 거친 투구 껍질을 놀리지만
처음부터 투구 껍데기를 두른 것은
아니었다.

내 투구도 처음엔
살갗이었다.

영원한 그릇

유리그릇에 물을 담아 두면
천년이 지나도 새는 일 없다.

그 유리그릇
내려놓다 금이 갔다.
이젠 1초도 담을 수 없다.

영원히 담을 수 있다기에
언제나 조심해야 하는 것
몰랐다.

어른아이

어른이 되어
선생님이 되면
학교 가는 것쯤은 쉬울 줄 알았다.

어른이 되어
번지점프 앞에 서면
아이일 때보다는 덜 무서울 줄 알았다.

어른이 되어
비행기 창가 자리 정도는 아이에게 양보할 수 있게 되면
두려움과 답답함 정도는 이겨낼 수 있는 줄 알았다.

어른이 되어
몰랐던 의미를 알면
그만큼 행동할 수 있을 줄 알았다.

어른이 되어
아이보다 키가 커지면
마음도 아이보다 커지는 줄 알았다.

오랜만에 만난 친구가 아들 때문에 공황장애가 왔단다.
"왜? 무슨 일인데?"
18살밖에 안 된 녀석이 인터넷 쇼핑몰을 하지 않나
혼자 나가서 살겠다며 독립선언을 하지 않나
좋은 차 타고 싶다며 면허증을 따지 않나
문제가 한두 가지가 아니라고 했다.
나는 "얼마나 힘들었을까." 위로했다.
친구는 이해해 줘서 고맙다고 말했다.
"아니, 너 말고 니 아들.
 얼마나 힘들었을까 아빠 때문에."
제발 똑똑한 아들 간섭 그만하고
아이에게서 가능한 한 멀리 떨어져 있어 주라고
조언했다.

그대는 이미

'자식'같이 살려 하지 마라.
이미 그분들의 자식이다.

'자유인'같이 살려 하지 마라.
당신의 자유를 누구도 방해하지 않았다.

'예술가'같이 살려 하지 마라.
당신의 존재가 이미 하나뿐인 작품이다.

그대는 오늘
'그대'같이 살려 하지 마라.

그대는 이미
그대 같지 않을 방법이 없다.

자유롭게
여행하기 위해

Loop 4

널뛰기

나무판 하나 마당에 놓고
가운데 멍석 말아 괴면
널뛰기 완성.
널뛰기 위에서 널을 뛴다.

힘껏 웅크렸다 날아올라
높고 큰 세상을 잠시 경험하고
바닥으로 곤두박질친다.

쉴 틈 없이 이어지는 두 번째 점프
눈동자와 심장이 부풀어 올랐다.
다시 곤두박질친다.

그렇게 몇 번 뛰고 났더니
머리가 어질어질하고 땀이 흐른다.

잠깐 쉬어야지 하고
멀찍이서 바라본다.

그러다 그 높고 시원한 쾌감이 그리워
다시 엉덩이를 털고 일어난다.

이번엔 제대로 뛰어올랐다.

내려앉는 것이 힘들어도
뛰는 쾌감이 그것을 금세 잊게 만든다.

그렇게 수십 번을 까먹고
또 수십 번을 뛰어올랐다.

얼마 후 기진맥진해 완전히 누워 버렸다.

축 늘어져 옆을 보니
덩그러니 놓여있는 판 하나
그것이 전부였다.

땅도
하늘도
노을도
고요했다.

나 혼자

나무판 하나와

널을 뛴 것이었다.

마침내 찾아낸 방법

구멍 난 바가지는
물 새는 게 지겨워
안 새는 방법을
연구했다.

그리고 마침내
'물을 담지 않으면
샐 일도 없다'는
훌륭한 방법을
찾아냈다.

하고 싶은 게 없는 요즘 아이들. 사실 SNS에 넘쳐나는 금수저들을 보며 공무원이나 선생님을 장래 희망이라고 말할 수 없게 된 지 오래다.
멀쩡한 바가지를 모두 깨버린 SNS.
그들이 실제로 있기는 한 걸까?

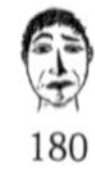

미끄럼틀

미끄럼틀 보인다.
올라가야 탈 수 있다.

한 걸음 한 걸음 수고하고 노력해
미끄럼틀 앞에 앉았다.
내려오기 직전
두근거리고 긴장된다.

내가 원했던 그 순간에
손을 놓고 미끄러진다.
와~
즐거운 쾌감에 순간 탄성이 나온다.
곧바로 바닥.

미끄럼틀 한번 뒤돌아 보고
다시 올라야 할 계단으로 몸을 일으킨다.
긴장이 풀려서일까. 다리가 더 무겁다.
천천히 계단을 오른다.

다시 미끄럼틀에 가까워지자
가슴이 두근거린다.
좀전의 경험이 겹쳐 더 흥분된다.
와~~
하고 내려와
땅바닥에 붙은 엉덩이를 힘겹게
일으킨다.

집으로 갈까?
계단을 다시 오를까?
고민하다
다시 계단으로.

미끄럼틀 타기 직전 하늘을 봤다.
그제서야 알았다.

시원하게 즐기고
다시 주저앉을 거라는 걸.
그리고 난 다시 이 자리에 있겠지.

삶은 그렇게 반복된다는 걸.

20년 전 나는
'100미터 경주 전 발목이 접질린' 딱 그 감정이었다.
힘을 내 일어서 봐야 몇 초 후면 결정될 잔인한 등수.
꼭 그것밖에 남지 않은 느낌이었다.
지금 나는 마스터가 되어 사람들을 지도한다.
어떻게 다시 일어설 수 있었을까?
살아보니 달리기 경주가 매년 있더라. 아니 매달,
어쩔 땐 매일 있기도 하더라.

휘청

부슬비 내리는 저녁 7시 45분
종일 뛰어다니느라 온몸이 지쳐 버렸다.

저녁 먹으러 사무실을 나섰는데
선명하지 않은 도시 불빛과 거리를 걷는 몇 안 되는 사람들이
흐린 시야에 들어왔다.

고깃집 대형 유리 안
너끈히 취한 사람들의 웃는 모습
그들은 행복해 보인다.

오늘 저녁도 백반집 김치찌개
몇 걸음 안 되는 그 길이 멀다.

얼마큼 왔을까.
얼마큼 더 가야 하는 걸까.

무거운 걸음
몇 걸음 내디딘다.

그러다
다리에 힘이 풀려
휘청

넘어질 뻔했다.

냄새

남을
가르치며 평생을 보낸 내가

처음으로
내게서 나는 냄새를 맡은 날

비로소
그 막연한 두려움에서 벗어났다.

내 냄새는 고약했지만
그렇다고 사랑하지 못할 정도는
아니었다.

I am 먹

나는 자랑스러운 서예 집안에서 태어난
먹이다.
우리 형은 큰 먹이고
아부지는 벼루고
엄마는 화선지
누나들은 붓이다.
우리 집안은 전통 있는 서예 집안인 것이다.

하지만 시간이 지나 인기가 떨어졌고 사람들이 찾아주지 않자
나는 책상 서랍 속에서 20년 동안 잠을 잤다.

이사하던 중 우연히 깨어나 보니 세상은 많이 바뀌어 있었다.
아이들은 이제 종이 대신 스마트 패드에 그림을 그린다.
내가 누군지도 모르는 이곳에서 나는 항상 혼자 놀았다.

그러던 어느 날 최신 휴대폰 친구들이 함께 놀자 했다.
즐겁게 같이 놀고 있는데 친구들이 말했다.
"야, 근데 너 좀 더러운 거 같아.
너랑 놀면 우리가 자꾸 까매져. 좀 씻고 와."

"어, 그래? 미안해. 씻고 올게."
나는 집에 와 세수를 했다.
까만 물이 엄청나게 나왔다.
"와~ 나 진짜 더럽구나."

열심히 씻고 난 후
수건으로 얼굴을 닦았는데
까만색이 그대로 묻어났다.

다시 씻고 또 씻었다.
하얀 물이 나올 때까지 씻었다.
그런데 계속 검은 물이 나왔다.

한참을 정신없이 씻다 거울을 봤다.
나는 깜짝 놀라 뒷걸음질 쳤다.
내 몸과 얼굴이 녹아 버려
뼈처럼 앙상해졌기 때문이었다.

당황해 눈물조차 나지 않는데
서예가 할아버지가 들어오시더니
날 보며 인자하게 웃으셨다.

그리고 흘러내린 물들을 모아 말린 다음
물과 기름을 섞어 내 몸에 다시 붙여 주며 말씀하셨다.
“다른 것이 꼭 틀린 것은 아니란다.”
너를 여전히 필요로 하는 전통 마을이 있으니
그곳으로 여행을 가보자 하셨다.

오른쪽 왼쪽

오른쪽으로 힘껏 뛰었더니 쭉~~ 미끄러졌다. 아차!

왼쪽으로 다시 힘껏 뛰었더니 또 미끄러졌다. 뭐야?

다시 오른쪽으로 갔더니 살짝 미끄러졌다. 이것도 아닌가?

왼쪽으로 걸어갔더니 또 살짝 미끄러졌다.
아! 오른쪽도 왼쪽도 아닌 곳이다!
가운데 섰더니 괜찮았다.

그렇게 시간이 지나고
사람들은 내게 왜 움직이지 않느냐고 물어보지만
나는 움직일 생각이 없다.

멋지게 서 있는 모습에 우쭐하다 가끔은 미끄러지지만
여기에 서 있어야 하는 이유를 경험으로 배웠기에
나는 여전히 여기에 서 있을 것이다!

4,800억에 당첨된 청소부

미국 메가 로또에 당첨돼 4,800억을 받은 사람은
22살의 가난한 청소부였다.

그는 인생 역전의 꿈을 이룬 후
가장 먼저 다니던 직장을 그만두었고
부모님께 초호화 주택을 선물했다.
또한 여러 대의 슈퍼 카를 구입해 친구들과 지인들의
부러움을 샀고
헬기와 전용기도 구입해 세계 각지의 유명한 휴양지를
돌아다녔다.
그 후로도 수년간 돈을 물 쓰듯 쓰며 여행하고 소비했다.

10년이 지난 지금
그는!

계속 불어나는 이자로 인해
상금의 1%도 사용하지 못했다고 한다.

정말 부럽다….

내 인생에도 재벌 친구가 있었다.
우리나라 최고의 싱크대 회사 둘째 아들.
돈도 많고 잘생기고 머리도 좋았다.
그러면 성격이 좀 나빠야 공평한데
녀석은 성격이 진짜 좋았다.
겸손하고 소탈하고 티도 안 내고.
나도 불평불만 그만하고 열심히 살아야겠다고 생각했다.

진흙 놀이

세 살 동생이 진흙탕에서 놀고 있다.
다섯 살 형이 동생에게 말했다.
"엄마가 여기서 놀지 말랬어. 나와."

동생은 아랑곳하지 않고 즐겁게 놀고 있다.
형은 하는 수 없이 들어가
끄집어 내려 한다.

동생은 나가기 싫다며 떼쓴다.
형은 힘을 다해 동생을 끌어내려 한다.
그러다 미끄러졌다.

엄마가 왔다.
형에게 말했다.
"동생이 여기서 놀고 있으면 못 하게 해야지.
같이 놀고 있으면 어떡해!
이 녀석들 모두 혼나야겠어."

국회에서는 오늘도 날 선 공방들이 오간다.
올바른 의견을 주장하는 사람들과 개인의 사욕을
주장하는 사람들이 대립한다.
잠시 후 목소리가 더 커졌고 이내 책상 위로 올라가
서로의 멱살을 잡았다.
이를 지켜본 사람들은 혀를 차며 말했다.
"다 똑같은 놈들이야."
분명히 정의가 있었는데 같이 뒤섞이니
찾기가 어려워졌다.

붕어 죽이기

‘붕어는 머리 나쁜 생선이다.’

붕어 죽이는 방법이 있다.
‘밥 안 주기’
굶어 죽는다.

다른 방법도 있다.
‘밥 많이 주기’
배 터져 죽는다.

“에이, 자기 죽기까지 먹겠어?”

머리 나쁜 짐승은
가능한 일이다.

인형 놀이

아이는 인형 놀이를 좋아한다.

작은 인형을 돌봐주고 싶어
빨간색 치마도 입혀 주고
노란색 바지도 입혀 준다.
가방도 선물하고
모자도 씌어본다.

오늘은 내 동생 역할이야.
"이렇게 밥을 남기면 어떡하니. 맴매해야겠어!"
오늘은 병원 놀이야.
"아이스크림 많이 먹었어요? 안 돼요. 배 아파요."

색연필로 화장도 해 줘야지.
눈썹은 크고 진하게
입술은 빨갛게
"아, 이쁘다. 사랑해, 내 인형."

"아가, 인제 그만 자야지~."

“알았어요, 엄마.”
장난감 통에 휙 하고 던졌다.

장난감 친구들이 말을 건다.
“오늘 하루는 어땠어?”

“말도 마.
오늘은 화장까지 시켰어.
난 남자 인형인데.”

“피곤해. 자야겠다.
말할 힘도 없어.”

바보 같은 사람

누군가 날 잡고 있다.
벗어나고 싶은데 놓아주지 않는다.
더 이상은 견딜 수 없어 소리쳤다.
"제발 이 손 놓으세요!"

"내 손에 남은 너의 손자국을 봐.
잡은 사람이 누군지."

자유를 꿈꾸며 올라간 번지점프대에서
안전 난간을 잡은 사람은
강철 난간이 휘어져라 꽉 쥔 사람은
뛰기 직전까지도 느끼지 못했던 그 바보 같은 사람은
바로 나였다.

아버지의 가락지

아버지 손에 가락지 하나.
투박한 손에 굵은 가락지.
닳고 긁힌 세월의 흔적 고스란히 담은 가락지.

고된 노동에 손가락 굵은 마디
뺄 수도 없는 아버지의 가락지.

이제
거친 세월 모두 지나고
아버지 병상에서 손잡아 본다.

"아들아, 내 죽으면
손가락 말라 이 가락지 빠질 테니
좋은 고기도 한번 사 먹고 좋은 신발도 사 신어라.
가락지 하나 줄 거면서 못난 애비 용서해라.
좋은 세월 나같이 살지 않길."

신이 가져온 항아리

신은
검은 물이 가득 찬 항아리를 가져와
세 사람 앞에 내밀었다.

첫 번째 사람은 검은 물속에 손을 넣어
커다란 황금 덩어리를 꺼냈다.
두 번째 사람은 손을 넣자
손목이 잘려 나갔다.
이를 본 마지막 사람은 한참을 고민하다
손 넣기를 포기했다.

10년이 흘렀다.
처음에 황금을 잡은 사람은
계속해서 손을 넣었고 양쪽 손목이 잘린 것도 모자라
발목까지 잘려 나가
지금은 전신 불구가 되어 살아가고 있다.
두 번째 사람은
어리석었던 자신을 반성했고
남은 한 손으로 열심히 살아가고 있다.

세 번째 사람은
여전히 항아리 옆을 기웃거리며
다른 사람들의 결과를 구경하느라 대부분의 시간을 사용한다.

전신을 잃거나, 손목을 잃거나, 시간을 잃거나.

신이 무언가를 가지고 왔을 때
그것에 관심을 가지지 않는 것은
꽤 현명한 방법이다.

어릴 적 종교는 나에게 요술램프 같은 것이었다.
가난한 어떤 사람이 동전 두 개를 신에게 바쳤는데
엄청난 보물을 선물 받았다고 했다.
신이 설마 거짓말을 했겠어? 나는 나의 동전 두 개를
신에게 바쳤고
신은 내 소중한 시간들을 빼앗아 갔다. 신을 원망하던
시간도 다 지나고 이제는 알고 있다.
내가 신보다 더 나빴다는 걸.

납치

그들은 우리를 산 채로 잡아 사막 같은 곳에 던져 놓았다.
그곳에서 하나둘씩 말라 죽어갔고
수천수만이 죽자
얼굴에 미소까지 띠며 그 시체를 모아 갔다.

입을 벌린 채 죽은 녀석
내장과 장기가 그대로 말라 눈도 감지 못한 녀석들도 있었다.
그들은 그 시체들을 영하 30도 얼음 창고에 넣어버렸다.

잠시 후 끔찍한 일이 일어났다.

그들은
냉동 보관실에 들어있던 시체 하나를 꺼내 들어
눈도 감지 못하고 죽은 시체의 머리를 뜯어 버렸다.
그리고 말라버린 장기를 도려내고는
다시 끓고 있는 물속으로 던져 버렸…

"여보, 뭐해~?"

"응~, 당신 좋아하는 잔치국수 끓이려고
멸치 똥 따지~~."

한 스님의 말이 머릿속에 계속 남는다.

"찢어 먹고, 삶아 먹고, 구워 먹고, 뜯어 먹고도
그 죗값을 받지 않을 방법이 있을까….."

어서오세요, 마지막 편의점입니다

“뭐지? 어제까진 분명히 없었는데.”
호기심에 들어갔다.

주인이 인사한다.
“어서 오세요~. 마지막 편의점입니다.
천천히 골라 보세요.”

물건들은 더 이상했다.
도시락 세트 음료 옆에
자살 로프가 색깔별로 있었고
칼, 도끼, 망치, 독가스.
‘한 방에 보내 드립니다.’라고 친절하게 쓰여 있었다.

죽기 전 먹기 좋은 음식들 코너에는
작은 도시락들이 있었고
‘죽기 전엔 과식 금지’라고 쓰여 있었다.

주인이 다 골랐냐고 묻기에
“여긴 제가 필요한 게 없네요.” 하며
돌아서려 하자 주인이 말했다.

“언제든 찾아 주세요.
저희 물건들은 비싸지 않아요.
살기 위해 고생하셨는데
죽는 것까지 비싸면 안 되잖아요.

모든 것을 다 잃은 순간에도 맘 편히
찾아 주세요.”

“아…, 네네.”
“….”

나는 몸을 돌려 기분 나쁜 가게를
얼른 나왔다.

엄마의 노력

아기 개구리는 황소를 만난 후 집으로 돌아와
엄마 개구리에게 말했지.

"엄마는 내가 오늘 얼마나 큰 걸 봤는지 상상도 못 할걸."
"치, 커봐야 얼마나 컸겠어!"
"엄마는 상대도 안 돼."

기분이 좀 나빠진 엄마는 울음보를 부풀렸지.
"네가 본 게 이 정도보다 컸어?"
"엄마, 장난해? 훨씬 더 커."
"그래? 이 정도는 어때?"
"더 크다고 훨씬~!"
"그래? 그럼 이 정도는 어떠냐구!!"
"비교 자체가 안 된다구!!"
"그래!!? 너 깜짝 놀랄까 봐 일부러 장난친 거야.
엄마 진짜 커진다. 잘 봐~."

그리고 최대한 부풀렸어.
"어…어…어때? 엄마가 더… 크지?"

"엄마! 엄마는 안돼. 그만해! 절대로 못 이겨!"
"뭐라구? 기다려! 기다려 보라구! 내가! 엄마가!
더 클 수 있~!!"
그러고 끝내
펑!!!
하고 터져 버렸지.

오늘 저녁 식사 시간 때도
곳곳에서 들린다.
펑….
펑….

여행

자유롭게
여행하고 싶다면

먹을 것 입을 것 잘 것을 잘 준비한 다음
등에 짊어지고 여행하면 된다.

무거운 짐이 싫다면
여행도 멈춰야 한다.

여행은 언제나
공평해야 하기 때문이다.

같은 모습이 되셨다

저만치 앞서
같은 옷, 같은 신발을 신은 노부부가
손을 꼭 잡은 채 걸어가신다.

잡은 손에 의지해 뒤뚱거리며 걷는 모습이
어딘가 불편해 보여 물었다.

"아프신가 봐요?"

두 노인이 돌아보시며 같은 대답을 한다.
"많이 아파."

그런데 누가 아프신 건지 알 수 없다.

아픈 사람과 보폭을 맞춰
함께 쩔뚝거린 세월이 오래돼
두 분은 같은 모습이 되셨다.

같은 옷
같은 신발
같은 걸음
같은 아픔

누가 아픈 건지
누가 부축하는 건지
도무지 중요하지 않은

두 분은 부부셨다.
두 분은 친구셨다.

사랑합니다

"우리 마누라가 요즘 좀 우울한 거 같아."
"야! 빽 좋은 거 하나 사줘~."
"말도 마. 그 돈이 그 돈인데 욕이나 얻어 먹지."
"음…, 특효약이 있긴 한데…."
"뭔데?"
"아니다. 니가 할 수 있는 게 아냐."
"뭔데 그래~. 말해 봐."
"출근하면서 이렇게 한마디 하는 거야. 사랑해."
"에이~. 뭐래."
"거봐, 넌 못한다니까~!"
"못 하긴 내일 당장 한다!"

다음 날 아침 타이밍 놓쳐 그냥 출근.
그다음 날도 눈치만 보다 그냥 출근.
셋째 날. 오늘은 꼭 해야 한다.
구두 신고 현관문 열기 전 거실에 앉은 와이프 한번 쓱 보고
호흡을 가다듬는다.
속으로 몇 번 연습, '사…사…사랑…사랑해…'

‘아이, 낯간지러워! 박력 있게 ‘사랑합니다!’로 해야겠다.’

어색해 눈 꼭 감고 큰 소리로 외쳤다.
“사랑합니다!”
그러고 바로 나왔어야 했는데
부끄러움을 참지 못하고 이어서 한마디 더 했다.
“고객님!…”

“사랑합니다… 고객님….”이라니… 어휴….
그 한마디가 뭐 어렵다고.

“사랑한다, 마누라. 힘내!!”

아름다운 하산

하산을 선택할 수 있을까?
등산을 할지 말지는 선택할 수 있겠지만
오른 사람에게 하산은 꼭 해야 하는 일이다.

가끔 정상에 머물려는 사람들이 있는데
추위에 떨다 외로움에 쫓겨 내려온다.

하산이라는 말이 조금은 섭섭해도
오른 사람들만의 것이니 특권이다.

좁아진 어깨와 서리 내린 머리카락에
눈시울이 붉어지지만
허리를 고쳐 세운다.

그리고
진심을 담아
존경과 환희의 박수를 보낸다.
그들의 그림자가 사라질 때까지.

똥 돈

똥이 잔뜩 묻은 만원
주워? 말아?

화장실에서 대충 씻어 편의점에서 바꿀까?
들고 다니면 냄새날 테니까.

아, 그냥 갈까?
이걸 들고 화장실을 또 어떻게 찾아.
비닐장갑도 없잖아.

그래도 만 원이면 밥 한 낀데
웩, 이 돈으로 밥 먹을 생각을 하니 속이 안 좋네.

에이, 귀찮아.
그냥 가야겠다.

그런데
뒤에 한 장이 더 보인다. 2만 원.
때마침 빗방울도 떨어진다.

앗싸! 조금만 기다리면 깨끗한 2만 원이 내 거다.

그렇게 오다 말다 한 비 때문에
그 앞에서 하루를 꼬박 보냈다.
똥 돈 2만 원 들고 집에 와보니

냄새나는 만 원짜리 두 장과 바꾼
내 하루였다.

늪

늪지대를 지나다
실수로 한쪽 발을 디뎠다.
늪에 빠지는 건 엄청 위험한 일이라 했지만
발목 정도 들어간 발 하나는 별거 없었다.

다른 발을 눌러 빠진 발을 빼려는데
다른 발도 발목까지 들어갔다.

그리고 먼저 빠진 발은
어느 틈에 무릎까지 내려가 있었다.

무릎까지 내려간 다리를 빼려고
반대 발을 누르는데 누른 발도 무릎까지 내려갔다.

빼려 할수록 더 깊이 들어간다는 걸
무릎까지 들어가서야 알았다.
아차 싶어 가만히 있었다.

가만히 있으니 조금씩 조금씩 또 빠져들어 갔다.
어느 틈에 허벅지에 도착했고 다시 허리까지 내려갔다.

발버둥도 기다리는 것도 둘 다 소용없었다.

가슴을 지나 목에 다다를 때쯤 생각했다.
이렇게 작은 실수에 인생이 끝난다고?
내가 그만큼 잘못한 거라고?
이렇게 죽고 싶지 않아!
여기 오지 말걸!! 내 인생!!!
안 돼! 안 돼!! 안~~~~ 돼!!!
진흙탕이 목구멍으로 확~!! 밀려들어

"으악~!!!"
잠에서 깼다.

"아… 아… 아…,
늪 근처엔 가지도 말아야겠다…."

꿈이 된 사람들

인간의 꿈은 뭘까?

세계 일주한 사람들이 가끔 TV에 나온다.
옷은 허름하고 얼굴엔 고생의 흔적이 가득한데
그들이 부러운 건 왜일까?

그들은 세상을 여행하며 다양한 기준들을 봤을 것이다.
아름다움과 행복, 사랑과 삶에 대한
나라마다 지역마다 다른 기준들!
우린 여기 '하나의 기준'에 맞추느라 힘겹고 버거운데
그들은 그것을 부수고 넘어서 거인이 되었을 것이다.
그렇게 남은 인생도 큰 걸음으로 살아가겠지.

그들이 부럽지만 여전히 한 걸음도 움직이지 못하는 건
내 하나의 기준이 '이곳이, 지금이, 안전해'라고 말하기
때문이다.

인간의 꿈은
기준을 넘어선 세계 여행자들 그들일 것이다.

나는 액체괴물이다

초판 1쇄 발행 | 2024년 12월 27일

지은이 | 오준수
발행인 | 우주리

편집 디자인 | 한지희
홍보 마케팅 | 조정명
교정 | 양은하
인쇄 | 북크림

펴낸곳 | 출판사 설탕의자
대표전화 | 031.514.4825
팩스 | 050.4142.9087
이메일 | sugarchair@daum.net